旅馆小说

马德里美人帮

A Tale of Two Ladies

洛艺嘉 著

新星出版社 NEW STAR PRESS

图书在版编目（CIP）数据

马德里美人帮／洛艺嘉著. —北京：新星出版社，
2008.1
ISBN 978-7-80225-416-9

Ⅰ. 马... Ⅱ. 洛... Ⅲ. 长篇小说－中国－当代
Ⅳ. I247.5

中国版本图书馆 CIP 数据核字（2007）第 201888 号

马德里美人帮

洛艺嘉 著

责任编辑： 许　彬
责任印刷： 韦　舰
装帧设计： 许　菲
插　　图： 齐巍巍

出版发行： 新星出版社
出 版 人： 谢　刚
社　　址： 北京市东城区金宝街 67 号隆基大厦　100005
网　　址： www.newstarpress.com
电　　话： 010－65270477
传　　真： 010－65270449
法律顾问： 北京建元律师事务所

读者服务： 010－65267400　service@newstarpress.com
邮购地址： 北京市东城区金宝街 67 号隆基大厦　100005

印　　刷： 北京中科印刷有限公司
开　　本： 670×970　1/16
印　　张： 16.25
字　　数： 242 千字
版　　次： 2008 年 1 月第一版　2008 年 1 月第一次印刷
书　　号： ISBN 978-7-80225-416-9
定　　价： 23.00 元

目 录

导 读

　　在马德里，美国人阿伦的家里，茗菡遇到普里塔，一个绝色西班牙模特儿，15岁开始在男人的世界里混，对手不是皇马球星、银行家，就是议员。她却从未把自己的内心展示给他们。

　　普里塔阅人无数。她势利、热情、勇敢、真切。茗菡颓废、单纯、倔强，小心翼翼却心含烈火。两个女子的心灵开始了最会意的交流……

　　这伤害了阿伦。这个20世纪70年代美国垮掉的一代，追了普里塔十几年。他活着，就因为这世上还有她。而今，他还能活下去吗？

一　初夏马德里

　　水面透亮，倒映着蓝天、明黄色的建筑、以及起伏草坡上的棕榈树。水池是巨大的圆形，红色、白色的睡莲开得安宁，被绿色、黄色的浮萍小心地簇拥着。梧桐树华盖般的荫凉下，男人们靠在藤椅上聊天。

　　右边不远的桔子树下，坐着几个女人。午餐已经结束，杯盘都撤走了。重新铺了雪白桌布的长方形餐桌上放着女仆刚刚做好的杏仁蛋糕。一个威尼斯蓝色大果盘里装着切好的水果。插着六支黄玫瑰的水晶花瓶下，盛着意大利特浓咖啡或卡布其诺的精美杯子安静地排在埃及风格的木质托盘里。

　　"你能说西班牙语吗？"用西班牙语交谈的两个女人中的一个，突然用不很流畅的英语问茗涵。

　　"还可以，"一直沉默的茗涵答。

　　"你说说，这玫瑰对于阿伦来说是不是太过缤纷了？"那女人又改用西班牙语说。看着茗涵望向水晶花瓶的目光，那女人说，"我指的当然不是这瓶中玫瑰，我是说那花园里的。"她不由分说，拉着茗涵向右穿过几道迷宫般的绘着毕加索画作的长玻璃墙，到了后花园。

　　"真难相信这是私人花园，跟丽迪罗公园的玫瑰园相比都不逊色。"

望着满园的玫瑰，茗涵叹道。绿草地、绿树篱装点下的各色玫瑰，迎着耀眼的阳光，奔放、肆意地盛开着，连喷泉水法上的小天使都垂下了眼睛。

"你说的没错，"那女人说，"玫瑰应该属于女人。你说他一个大男人养这些干什么？我不是说他没有喜欢花的权利，可他一年到头住这里几天？我真怕这玫瑰浪费了，每个花季我都来，可是园丁不让我进。我就在那里，"她指着灰色院墙外的一排栗子树，"我就爬到那树上，喊：'让我进去，我只是想看看玫瑰。我是阿伦的老朋友，难道你没见过我吗？'那老男人不理会。我高声再喊。最后他说：'别人的事我不管，我只照看这些玫瑰。'他伺弄完就走了，我留在树上欣赏。然后警察把我带走了，说我是窥伺别人财产。你说，满园玫瑰这么寂寞，也没有一个欣赏的人，这对于她们来说，是不是浪费？"

"玫瑰也不是只给人看的，她们可以互相欣赏。"茗涵说。

茗涵在玫瑰园中停了一会儿，准备见过阿伦后便告辞。走到离桔子树两、三米远时，阿伦刚好从水池边棕榈树后的有着拱门的黄色建筑里出来。他左手端着酒杯，右手生硬地垂着。茗涵这才发现，水池边上，对着拱门，还有一个青铜雕像。挺着半个身子的大胡子男人，被三米多高的白色大理石底座遮挡住了下半身。

"我的东方公主，你玩得好吗？"阿伦过来亲热地问。

"不错。"茗涵礼貌地回应。

"有人又对你的玫瑰园抗议了。"桔子树下一个女人道。阿伦笑了，"露西，我准备每天让人给你送一打玫瑰。只要你先生没有意见。"

"我喜欢给她的生活带来乐趣的男人。"梧桐树下，一个穿灰条纹衬衫的男人转过身来说："阿伦，你藏到哪里去了？等我们走了你再盯着普里塔！来，过来给我们讲讲你在撒哈拉的历险。"

女人间微微的不和，男人间过激的争论，男女间过于礼貌的安静，在阿伦出现的时候，统统化成了别的，对准了阿伦。表演、倾听、关怀、赞赏，他天生就是张罗聚会的。人世的生机和缤纷，没有谁能比这个男人挖掘得更彻底。早就不年轻了，可他抓着青春迟迟不肯放手。也可能是青春太眷顾他，不肯将他撒手吧。他容颜依旧，而周围的人也早已忘记他的年龄。

阿伦把女人们一一请到梧桐树下，开始了讲述：

"我是乘飞机先到阿尔及尔的，从阿尔及尔去别的城市都要事先跟警察宪兵打招呼，他们陪你去。我没有。这些宪兵无非是想挣我的钱。你们知道我这个毛病：想从我手里拿钱的，拿不到；什么也不想要的，我却什么都想给。我顺利地到达了沙漠，雇了个当地人，牵着我骑的骆驼就向沙漠进发。

"半路，他的手机响了，老婆早产要生了。大老婆二老婆生的孩子都是刚生下来便死去了，他很担忧这三老婆。因为年龄关系，他想要孩子的想法越来越强烈。'要么你跟我先回去，要么我另找个导游给你？'他征求我的意见。你们知道的，我从不走回头路。我说：'有没有更好的办法？稍稍惊险的，我能接受。比如，我等在这里，你让某人来接我？'他便用呆滞的眼睛打量我半天，有些生气地问：'你是美国人吗？逞强不在这时候；生命高于一切。危机关头，放弃其他保全生命，我想这也是美国精神的一部分，是我们提倡人权的最好证明。'我说：'哪里，哪里，老兄，我是西班牙人。'

"我在欧洲，尤其是在西班牙混迹多年，说流利的带阿尔卡萨尔镇口音的西班牙语；我的一举一动不再是美国式的随意、粗鲁，而是欧洲味的休闲；还有，对于美国人来说，我有过于矮小和瘦弱的体态。这些，都打消了那阿拉伯人对我的怀疑。阿拉伯人犹豫了一下，说：'我奔跑回村子，马上让一个叫艾哈麦德的来找你，不出半小时。现在方向比较明显。'

他指着太阳说，'就朝它慢慢走，应该不会迷失。还有一个多小时才能日落。'告别了阿拉伯人，我便向着落日进发。

"沙漠上，只有我一个人。我走过那么多地方，第一次被自然惊吓了。我是在任何时候都懂得逃脱的人，我让骆驼奔跑起来。

"这几十年，我是第一次领会到奔跑的快意。尤其是迎着那就要往下沉的落日，我觉出了自己身上从没有过的英雄气概。我想到了给人们带来光明和希望的阿波罗，也想到了中国神话传说中的夸父。骆驼突然松下劲来时，我也突然想到了：我这么死命地奔跑，那个新导游怎么可能在半小时内赶上我？是该接着往回慢慢走，还是停下来等待呢？我的犹豫传染给了骆驼，它停下不动了。它弯下腿跪在了一个沙丘后，任我怎么赶它，也不起来了。

"这时我才发现，漫天的黄沙已经袭卷而来。天呐，我真是无法给你们形容那黄沙。在几十年的人生里，我经风历雨，什么样的风浪我没有遭遇过？不管在怎样的危难面前，我都能保持清醒的头脑。还是第一次，我被这大风沙弄晕了。瞬间，莫说东西南北，我差点都找不到自己了。

"我抱着驼峰一动不动，脑袋却飞快地运转。我领悟到了沙漠的威力和可怕。不像大峡谷，你一眼就能看出它的神威。细腻的黄沙，舒伯特小夜曲般优美的沙纹，起伏舒缓的沙丘，比海中的珊瑚还美妙的'沙漠玫瑰'；它还给你海市蜃楼。而不到翻脸的那刻，你无法想像它的无情。我想沙漠才能真正地代表生活。美妙的，浩瀚的，无聊的，暗藏杀机的。真的，谁能比沙漠更有心机呢？

"也许是想得太多了，我昏睡过去。醒来时，我发现自己身处无边的黑暗里。难道是到了地狱？我在生活中享乐，却没有戏弄过生活呀？而且，我帮助过很多人，从未害过一个人。我只是在危难关头，骑到了骆驼背上。难道上帝忘性大，只记住了最后这笔？可是，骆驼都没有反对呀，它有经验，也有体力帮我。正胡思乱想之际，我感到了顿在我身上的枪托。地狱也装备起来了？我的眼睛慢慢适应了黑暗，看清了站在我面前的是裹着头巾的阿拉伯人。他白色丘尔邦下是仇恨的眼睛。

"'你觉得布什怎么样？'那人突然开口问我。判断一个人是否是某组织的成员，有最简单的办法：问他对这组织的看法。我马上想到了这点。我说：'布什是天下最能说谎的人。9.11当天，拉鲁什就说了这是美国内部人干的。我觉得美国也没有权利把自己的生活方式强加给其他国家的人，尤其讨厌布什动不动就在演讲中宣称为了孩子，为了孩子的孩子。'

"我说的是真话，大多时候，我也没有意识到自己是美国人，这意义并不大。追根溯底，我们还是英国人的后代呢。那人微微笑了一下，把对着我的枪托移开。这时候我发现我的骆驼就在身边，而它身上的旅行包里，有我是美国人的证明——护照。我心慌着，想到了办法。'老兄，我的水囊里有不错的白兰地，你不想尝尝？'我试探性地问。

"不出我的意料，那阿拉伯人没有反对。我正想到骆驼那里去，那人突然说：'别妄想用你的酒灌醉我，我的酒量……'他没有说下去。听了这话，我不再犹豫了。我把那灌在水囊里的白兰地递给他。趁他喝酒的时候，我暗箱操作，在旅行袋里把阿拉伯的大面包，用手指破开一点，把护照偷偷藏到了里面。你们知道我说的那大面包是什么样的吧？就是在沙地的火上烘焙出来，上面有点点糊的那种。"阿伦比划了一下，"亏得我行动迅速，很快，来了一队人马。裹着阿拉伯头巾的那些人押了一队游客过来，看样子是德国人。

阿伦正讲着，露西突然插嘴说："刚才，就一个阿拉伯人的时候，你怎么不逃呢？"

阿伦把晃了半天的白兰地喝了一口，望了望露西说："我的老美女，动动你的脑子。在茫茫的沙漠上，一个迷失了方向的独行者，在别人的枪口下，怎么逃？能比子弹跑的更快吗？哎，我真是痛恨打断我的人。

来，让我恢复情绪，重新回到沙漠里。"

他把酒杯放下，沉吟了一会儿说："那武装分子的头儿过来，用枪托捅了捅我的脑袋说：'美国人吗？'我假装风趣地说：'一个美国人独自来这里？先生，您以为我是沙漠之狐隆美尔吗？'那头儿不明确地笑了一下，吩咐一个手下把我的旅行袋拿过去。

"那人傲慢地掏着，漫不经心地看着，慢慢把我的旅游手册、望远镜、指南针等都扔到了地上。然后，我看见他的手抓住了藏着我护照的大面包。他远没有我聪明，这次他看也没看，就把那大面包扔到了沙地上。我真怕护照飞出来。还好没有。它按着我的意图神秘地藏身。'你的护照呢？'最后，那人把我那被搜查完的，软塌塌的旅行袋扔到沙地上，那人问。'可能从身上掉下去了。'我假装翻了翻上衣的几个贴袋说，'您知道，先生，黄昏的沙暴来时，我正在路上。我自己没被卷走就不错了。'那头儿又含意模糊地咧了下嘴。然后，让人把我绑了起来，像沙袋那样搭在骆驼背上。'走吧。'那头儿命令说。

"在一个被铁丝网围起来的大院中间的灰石建筑物前，我们被放了下来。那是有着白圆顶，有些地方已经坍踏的一排房子。有的房间连房顶都没有了。晚上睡这里会不会冷？我正想着，突然被推搡着往下，来到了黑洞洞的地下通道。漆黑、狭窄、曲折、阴森，冷不丁就下几级台阶，冷不丁再上几级台阶。经过这样长长的一段路后，终于看到了光亮。那光来自黑色铁栏杆的小窗外面，沙漠上耀眼的月光。

"身后的铁门'哐当'被锁上后，我独自说了一会儿话，没有人附和。我也没能力再独自支撑起话语的世界，便和他们一起跌入沉默的黑暗之中。

"这些年，我和好多国家的人一同经历危难日子，但他们都没有德国人那样茫然、恍惚、暗含愤怒。我想，当英国的轰炸机在他们的城市盘旋时，在柏林墙被推倒后，东边和西边都彼此失望的时候，他们都曾像这个样子吧？

"后来的事，你们都从电视里看到了吧，也有报纸把从前的细节补充了些。我想说的只是这个：当直升机把我们解救出来的时候，一轮大大的夕阳正往浩渺的沙漠中沉落。正和我那天遇到沙暴前的情景对应了起来。'感谢你，生活，你这卓越的设计师。'当时，我就是这么脱口而出的。"

"要是再能给你安排个海市蜃楼，那就更完美了。"露西忽然打断他。

"别向生活苛求太多，我的老美女。"阿伦挥了挥他苍白的左手说，"就这样，我们乘直升机到了阿尔及尔。我先去美国使馆说明了护照丢失的经过，然后去电视台拜访从前在洪都拉斯认识的一个朋友。惊险过后，我总是很兴奋，很幸福，不能立刻休息。他还有一个节目马上要录制，我们约好了第二天再见面。告别之后，正准备各自转身而去，就在这时，周围猛烈地摇晃起来。我看了看表，5点40分。是地震了，但迈不开步，我们也没有更好的地方可去。我从未在一个国家接连经受这么多考验。我想，日子可能要结束了。其实，死在30岁都没什么遗憾的，生活的密度太大，十个人的一生也没有我丰富。可是，谁不留恋这蓝色星球上的美妙生活呢？

"电视台搭起了地震棚，我住到了里面。大家嫌我的鼾声太大。我的朋友就让我住到他一个同事的车里。我的朋友是在半夜听到别人又抱怨我的鼾声后唤醒我，做这个决定的。说到底，我也不想睡地震棚了。每天早上起来，浑身都是湿的。我的朋友迷迷糊糊向他的同事说明，要来了车钥匙。我抱着被子迷迷糊糊地走出帐棚，跟着迷迷糊糊的他找到了车。后排座的门打不开。'经常打不开。他正准备换新车。'我的朋友说，开门坐到司机的座位上，准备为我打开后面的门。这时他发现车停在葡萄架下。怕葡萄架被震倒了，砸到车上伤了我，他看了看，准备把车向后倒一段。他只看到了上面，没注意下面，不知道车是停在一个下坡。他启动车子正准备倒呢，突然发现车子往前向下滑。他刚学开车，还不会应付这样的情况，一时手忙脚乱起来。他的忙乱传给了我，我没有想科学的方法，却用尽全身的力气抓住车门。我朋友左边的车门没有关。"

"因为是破车，车门突然掉下来了，把你的胳臂咔嚓一下砸断了。"露西带着兴奋的表情说。

"我是让你猜谜语吗，老女人？"阿伦不高兴地说，"我不怕别的，就怕你不知什么时候又把我打断，女人都是这样！尤其是婚后的女人。巴斯卡尔，我劝你把下个月的婚礼取消了吧。"阿伦说着，站了起来，"露西完全错了。不是车门掉下来把我砸了。车门根本没有掉下来。在我朋友慌乱的开动中，在我全身气力的可笑介入中，车子发生了一些偏差，把旁边的葡萄架撞倒了。我的胳臂是这么断的。"阿伦怕再现不了当时的情景，一直垂着的右手也比划上了。

"小心胳臂再断了！"露西叫。

"只有填字游戏才能叫你安静下来！"阿伦说，停了两秒，恢复一下情绪，"你们想想，在这么一场大地震中，在医护人员都急着救人命时，我的胳臂能得到什么样的救治？我能这么完整地回来，是上帝对我的惠顾。还有，我可亲可敬的中国朋友，他们的救援专机来了。电视台对面就是中国大使馆。我跟中国人真是有缘份！别为我胳臂的再次断掉而担心，亲爱的露西。我不会那么病态地在意自己。'伤筋动骨100天'，时间到了，自然就好的。这是中国谚语，我想它应该是中国古老文化的一部分。从报纸上、画册上，你们是不能了解中国的。你们应该亲自去那里看看。"阿伦把玩酒杯，"上帝在每个危机处稍稍用力，我就完了。可是，没有。你得历险，那之后，你才懂生命的可贵。行了，故事结束。"

"那是谁啊？"茗涵望着水池边的青铜雕像，问坐到身边的阿伦。

"你猜猜。"

茗涵想了下，摇摇头。

阿伦笑了，"你当然猜不出，那是我祖父。当年他和他的朋友，佩吉的父亲一同死于'泰坦尼克'号船难。和佩吉的父亲一样，他也给我父亲留下了大笔遗产。佩吉致力于现代美术的收藏与赞助，美术馆从纽约开到巴黎；我父亲却守着一大堆钱不知该干什么。佩吉最后定居威尼斯时，请我父亲去住了一段。我父亲很喜欢威尼斯。有一天，他乘贡多拉去看金宅。一直喋喋不休的船夫最后说：'如果我想享受一下站在高山上的气氛，我会到学院桥上吹吹风。'我父亲听了这话，离开了威尼斯。干什么好呢？我父亲守着那些钱想。当他终于想出能干什么时，死亡将他招走了。做吧，做了再说吧，于是这变成我的消费哲学、人生哲学。而我还是最敬重这个人。"阿伦指着水池边的青铜像，半玩笑，半认真地说，"给我留下财产的人，是我尊敬的。"

透过梧桐树洒落的一线阳光打在他过于瘦削的脸上，这样的身子骨儿能经受这么多折腾？茗涵暗自琢磨。

"也许是我的天性中本有放纵的元素，也许是我的钱改变了我。反正，当我祖父传给我父亲的钱到了我这里时，我开始了花天酒地的日子。那些钱我父亲没怎么花，母亲为了买一件裘皮大衣，跟他打了三年的架。我父亲去世的前一年，我母亲因为悲伤先走了。'婚后我没过过一天幸福日子。'我母亲临死时说。

"我飙车、喝酒、追女人，就差没吸毒了。那时整个社会风气就那样，信仰普遍迷失，大家都觉得前途无望。你推算一下就能知道，老内德也告诉过你吧？我正是70年代那垮掉的一代。我在酒吧里一杯接一杯地喝酒，为所有人买单，在大家的喝彩和起哄中，跳到了桌子上，像个脱衣舞娘一样边跳边脱；追女人，到手就想怎么给甩掉。慢慢的，年轻的不再年轻，不再年轻就回到了生活正常的轨道。可是，我不能够。我在声色犬马中虚度了青春和接下来也算黄金的年华。我酒量越喝越大，直到被摘掉了胆囊，才控制自己一天只喝一杯白兰地。"

　　他看了眼水晶杯，"这是美国白兰地，清淡，我也加了苏打水。"他的眼光随即从水晶杯上移开，"对女人，因为占有得越来越多，越发没有感觉。而越是没有感觉，就越是想追。直到遇到了一个女人，我的生活才被彻底地改变，追求她是我唯一的希望。我自己也知道，要是把她追到手了，生活会变得比从前更无聊。我甚至不知自己是否还能忍受这无聊，是否还有活下去的勇气。可令人吃惊的是，不管我采取什么样的方式，这个女人不为所动，这个女人就是普里塔。"

　　追来追去追上了自己的厨娘？茗涵扭着脸，往普里塔可能来的方向望了望。

　　"你是我见过的最漂亮的中国美女，一个美女对另一个美女，是妒忌，然后是宽容，最后是欣赏的。请允许我抒发我对普里塔的倾心爱慕，我到西班牙就是为了她。人世间的语言真是无法形容她的美。当然，我见她时她还没有那么醒目，但那胚子在，只等着到时候喷薄而出。而我，透过时间的迷雾看到了。我是美的天生的鉴赏家。她的美就是在我的注目下慢慢盛开的，像美妙的海上日出。

　　"那是她第一次登T台，也是我第一次赞助时装大赛。她那还不透彻却开始挑战一切的美，一下子让我目眩起来。比赛结束后我和模特儿一起吃饭。她是我见过的最能吃的模特儿。当她去取第三盘时，我忍不住跟上去说：'亲爱的小姐，如果我的记忆力还不太差的话，这是您吃的第三盘了。'她看着我，好像不高兴地说：'这是第二盘，您的记忆力确实太差了。'在我的暗示下，大赛组委会主席让她知道了我的身份。然后你猜怎么着？她看都没看我一眼，她嘟起嘴，吹了声口哨，扭身就走了。

"那是我首次在女性面前的失败。首次知道也有女人不喜欢我，我想她可能是某一富豪的千金吧，我让人调查了她的身世。她出身于马德里最普通的家庭。而且，她虚报了年龄。她才只有14岁。14岁！也就是早上7点半的太阳。而我，起码都过中午了。我觉得我活不过60。不知为什么，我有这个预感。当时我多大？30岁。其实正是男人的好时候。可在一个14岁的身体面前，觉得自己真是臭皮囊了。18岁的男孩才能配这样的身体，我觉得。第一次，我自惭形愧起来。可要命的是，我不能放弃对她的欲念。大赛结束后，我去了马德里。大赛是在巴塞罗那举办的。

"在我的性爱冒险中，也遇到过一些有棱角的女人。可是钱花到了，小心思用了一点，她们也就自然地投入我的怀抱。可普里塔，从未正眼看过我。我围着她转了九个月，都没有和她一起喝过一杯咖啡。这花在她身上的心思，让我意识到了自己对她的爱，超出情欲的爱。我觉得自己真像那个骑士，我去西班牙广场坐了又坐。我看着那骑士和他的随从，我看着他们后面大师的雕像，在长椅上睡着了。醒来后，我做了个决定，决定到大师的故乡阿尔卡萨尔镇去。我在那里生活了两年。

"我从大师的故乡回来，从那里到马德里的路上，有大片的葡萄园。那时葡萄正丰收，粘着露水的紫色果实，紧紧裹着自己的一团甜，甜得想往酒里面涨。它们把叶子、土地、天空，都染成甜的。我感觉自己的心，也被那甜美的空气酿成了酒，我开始感受那诗意的美，随后我去了巴黎的香槟小径。以前，我只是把上好的酒拿过来喝，我从来不会去探访它的出处。

"不知与我精神上的这种转变有没有关系，普里塔对我的态度也变了。稍稍地改变，能像对别人一样对我微笑了。我这么努力，就为了换取她一个微笑？可是，这微笑真的像阴霾后的晴空那般让我舒心。在这舒心下，我接受了她的第一任男友。不接受也不行呀。那男孩是皇马的球星。我想成就些事业，好和这个男孩竞争。在我去和普里塔告别准备回纽约时，得知她开始向演艺界发展，准备出演一个B角。于是，在飞纽约的飞机上，我也决定进军演艺界。

"到了纽约，我马不停蹄又飞往洛杉矶。通过一个老友的牵线，我重金请了个著名的编剧写了剧本。然后，同样在我的重金利诱下，一个著名导演同意把我的名字署在他之前。第一导演是名不见经传的我，你会奇怪怎么会有人投资这部片子吧？投资人不是别人，正是我自己。

"在拍摄的过程中，我不断和导演发生矛盾。最后我给他70%的佣金，让他走人了。老内德跟你说过吗？我大学学的是导演，我以为我会把握得没问题，其实远不是那么回事。结果可想而知，那电影被选为当年美国最滥的片子，女主角事后用了五年时间才重新在好莱坞站起来。

"我带着创伤回到了马德里，有些吃惊地得知普里塔和她的球星男友分手了。在议员宾馆，我请她吃了第一顿饭。她首次在我面前落泪，我坐到了她身边。我没想把她揽在怀里，我只想和她抱头痛哭。我们都经历了人生的重大挫折，抱头痛哭会减轻悲伤。可是，这女人把泪水和我留下，独自走了，重新奔赴自己新的生活。"

"之后，她又有了设计师男友、银行家男友等。而她也开始了全方位，不合道理的全方位发展。按说，她也算成就了一些事业，可是，她要得太多，和这要求相比，她得到的只是一点点。我也尝试了一些事情，基本都失败了。很奇怪的，每次失败后，我都要找到普里塔。好像她是能给我慰籍的故乡一样。实际上，恰是她这'故乡'带给我无尽的痛苦。某种意义上，因为求之不得，我把她当成了故乡。而她每次痛苦、失败之后，也慢慢主动来找我。"

阿伦苦笑了一下："她来了，就在我的大厨房里做蛋糕。你可能知道有些人在失意时会疯狂购物，或大吃。你不知道有人在失意时就愿意躲在厨房里做蛋糕吧？吃过蛋糕后，我们的关系只比从前近了一点点。"阿伦用拇指和食指几乎不留缝儿地比划着，"真的，我和这女人认识十八年，我只知道发生在她身上的事件，我从来不清楚她的内心。我不明白，我和这女人的距离怎么会这么远。"

"你能理解那种爱吗？"阿伦接着说，"那是对美的甘拜下风，丧失了斗志，却在依然绝望中前行。我发现，我对她的爱也慢慢改变。也许从不曾和这世上的爱相同。"望着普里塔可能出来的方向，阿伦说："她有卓越的美，因而不缺少世人追求的那一切。这妞，也是天生会利用自己的优势。"

茗涵伸手碰了碰咖啡杯。犹豫了一下，没有端起来。

"想什么呢？"阿伦问。

"在想那到底是个什么样的美人儿。"茗涵回答。她一下子想到波提切利笔下的圣母，那是茗涵心中最美的女人。可按照阿伦所说，普里塔该不是那种含着淡淡的哀怨的。

端着精致樱桃木托盘的普里塔，穿着长到脚踝松垮的灰色裙子，说是袍子好像更合适。灰褐色的脸，黑眼圈，眼神迟缓，鼻子有些发红，嘴角有点向下。

英国女考古学家琼恩·弗莱彻在埃及发现了传说中绝代美后妮菲蒂蒂的木乃伊。按照木乃伊，有人复制出了美后的模样。这跟埃及艳后齐名的旷世美人，到底有多美？原来就这样？

"来，给你们介绍一下。"阿伦把普里塔拉到茗涵面前，"这是茗涵，我老内德的太太。茗涵，这么介绍你可吃亏了，要不，人家都以为你是小姐呢。"

"那你还这么介绍？"早已站起来的茗涵笑着说，"普里塔，认识你很高兴。"

"我也高兴。"普里塔醇厚的中音说，"我从小就喜欢中国。"

"谢谢。"茗涵说，"我也喜欢西班牙。"

"还什么中国、西班牙的，地球早都成一个城了。应该是中国街、西班牙街、美国街。"阿伦说。

"你周游世界后，最大的感受就是这个吗？"普里塔有些挑衅地问。

"世界一体化的脚步太快。你在哪里都吃一样的东西，穿一样的衣服，看一样的电影。语言交流上的障碍也正慢慢缩小。"阿伦说。

"没什么特别的感受嘛。"茗涵和普里塔一唱一合。

"有一点不愿意在这好阳光下说。"阿伦看了普里塔一眼，对茗涵悄声说，"我最内心的感受是：厌世。我走了一处，这世界对我的吸引力就减去一点。我真怕哪天没地方可去了。"他随即提高了声音，"我是在对普里塔爱的失望中逃避到世界各处去的……"

"陈词滥调我真懒得听，我给大家分蛋糕去了。"普里塔说。

"大家自己来吧。"茗涵说。

"蛋糕做完后，再分到小盘里，这是普里塔最喜欢做的。"阿伦说。

普里塔转身，拖着有些倦的步子走到长方形餐桌那里。

"我这人也许算不上好人，但我是地道的人。我尊重自己的内心，从不违心说话行事。我是在对普里塔爱的渴求与失望中逃避到世界各处去的。这世界上的任何事物都有反作用力，世界各地把我对它们的惊喜和失望再传递给我，让我更深地陷入对普里塔近乎无望的爱里。如此五次三番，我对她的爱越来越浓烈，也越来越脆弱。我感觉自己的身休变成了拳头这么大。"阿伦说着，握起左拳来回晃了晃。

"一个人的拳头和他的心脏差不多大。"茗涵说。

"你说得很对，我的身体就剩下心了。我这样一个人只剩下心，说来你会觉得可笑。可这是真的。这颗心分外敏感地感觉着普里塔的热度。

你可能会奇怪：为什么我不守在她身边，而是在世界各地晃动？你知道，恰当的距离有时会帮助一个人。而且，我有个奇怪的感觉：我走的这段时间，她是停在那里不动的。没人给我保证这点，事实上也不可能，可我的心固执地这么认为。可能因为我对她的认识，就停留在我走的那瞬？一段时间后我回来，精心地体察她的变化。我欣喜地得知她和男朋友分手了，有的分得没那么快。但我走了两次，最多三次回来，那男人也就消失了。她是我见过的最善变的女人，也许这些变化和我一点关系也没有，但我高兴。我总以为她的下一个变化是向我而来的。我最希望的就是她对我的爱情变化来，还没有变去的时候，死去。这样，就永远占住这爱了。没人能解释为什么，但她确实是我爱这世界的源泉。"

"你干吗盯着和我说这事呀？"茗涵说，"怕我抢去普里塔？我可真希望自己是个男人，好让你伤心一回。"

"我只能和你说。"阿伦笑，"因为其他人都知道了。"

"我把普里塔想像成基德曼，想像成布兰妮，想像成张着大嘴傻笑却有无穷魅力的罗伯茨，结果却是这般令人失望！普里塔到底深藏着怎样独特的魅力，才能这么持久地吸引阿伦？"怀着好奇，茗涵走到普里塔身边："我来帮你好吗？"

普里塔抬头冲她笑笑："不用了，谢谢。"

"普里塔，把你新家的电话告诉我，昨天我忘记向你要了。"阿伦也过来，把他黑色的小手机打开。

"932318611。"

阿伦重复着数字，把它们输到自己的手机里。

茗涵把普里塔装了蛋糕的小碟子整齐地摆成两排。

"阿伦，等我们走了你再围着普里塔不行吗？"露西喊。

"露西，露西，我给你献蛋糕来了。"阿伦说着，端了碟子向露西跑

去。

"你尝尝。"普里塔用刀托着一小块蛋糕递到茗涵嘴边，茗涵吃了一惊。她迟疑着，张开嘴。一半吃到了嘴里，一半掉到了餐桌上。

"特别好吃。"茗涵说。

普里塔微笑了一下，虽然脸上确实没什么神采，但她笑起来的样子很迷人。柔软的双唇那么优美地抿在一起。"你在哪里工作？"她问。

"我不工作。我在堂吉诃德语言学校学习。"茗涵答。

"课程紧吗？"

"一个星期上五天课，每天四个学时。"

"你住哪里？"

"西班牙广场附近。"

"噢？我经常去国家电影馆，明晚有《37°2》，想看吗？法语听得懂吗？"

茗涵点头。

"那我们明晚在那里碰头，你知道在哪里吧？"

"圣伊莎贝尔街3号。"茗涵说，"你喜欢吃中餐吗？明晚我请你去东阁，那家中餐不错。"

普里塔说好，上前两步，伸手拣下落在茗涵黑发上的一片桔树叶。

"谢谢。"茗涵说，手不由自主往头上摸。

二　女摩托党

开了一扇大铁门后费力地爬了三层楼，又开了扇木门。在窄长昏暗的走廊右侧，普里塔用钥匙熟练地拧开一扇门。这是个小套间，外间有一组小沙发。沙发背后的墙上，不协调地挂着普里塔的大幅油画像。沙发对面，堆着纸盒箱大皮箱拉杆箱。后面墙上接近棚顶的地方，吊着台21英寸的彩电。里间有张双人床，床下铺着白色带黄色菱形图案的小块地毯。右边床头，有台白色海尔牌小冰箱。床后面的墙上，是幅康定斯基绘画的复制品。房间左边的窗下，有张木色的桌子，上面放台半旧的电脑。房间右边靠墙，是个简易衣柜。

"想喝什么，自己去冰箱里拿。"普里塔说，把随意扔在桌子上的两件衣服胡乱挂到简易衣柜里。

"奇怪我住这样的地方吧？一直以来我没挣到大钱。我又是虚荣的人，花了很多不该花的钱。所以现在手里没什么积蓄。"普里塔背对着茗涵，把床上凌乱的薄毯往里堆了堆。

"要不要先洗个澡？"普里塔拉开衣柜右边墙上的一扇门。里面是个不大的卫生间。

茗涵没有回答。

"怎么了？"普里塔转向茗涵。忙活了半天，现在才看清茗涵正呆呆地盯着床后面墙上的画。

茗涵轻轻摇了摇头说："好多年没看到这幅画了，想起了我年轻的时候。"

"年轻时候？你现在多大啦？"

"已经过了30，可以去死了。"茗涵说，"真喜欢这暗夜里的绚烂、拙朴、忧伤、神秘。"

"是啊。"普里塔站到茗涵身边说，"我喜欢蓝色骑士社的画家们。他们有才，却不得志。来，别傻站着了。过来坐会儿。"

茗涵随普里塔坐到了小客厅的沙发上。

"真是不好意思，这么晚打扰你。"茗涵坐下后说，"可我实在没地方去了。"

普里塔笑了一下，"这话刚才电话里不是已经说过了吗？"

"太不好意思，所以再说一遍。"茗涵也笑了，"从阿伦家出来，我去了学校。结果家里的钥匙忘在那里了。"

"你先生出差了？"普里塔问。

"他不住马德里。"茗涵淡淡地说。

"我想起你刚才的电话。'是普里塔吗？我是茗涵，下午在阿伦家我们见过面……'还用介绍得那么清楚？我牢牢地记得你呢。"普里塔说，"你不是说住西班牙广场附近吗？怎么给我打电话的时候是在格兰维亚大道的汉堡王快餐店前？"

"我从西班牙广场一直走到那里，犹豫着该不该找你。第一次见面，就这么打扰人家，在我还是第一次。本想去住酒店，可身上证件也没带。"

"到我这里，你只能睡沙发了。"普里塔在沙发前面的茶几上拿起一个圆形的塑料小盒，打开，从里面拿出一颗黑色的焦糖放到嘴里，"你不

来一块？"

"刚吃这东西时真不适应,跟药丸子似的。"茗涵也拣了颗放到嘴里,"刚到欧洲的时候,最不适应的还是橄榄。一吃,浑身一哆嗦。"

普里塔张着大嘴笑:"你来欧洲多长时间了?"

茗涵没有回答这个问题,兀自说:"第一天认识,就见了两面,这还是第一次。"

普里塔想了想说:"我也是。"

茗涵捂着嘴打了个哈欠:"被我从梦中吵醒,感觉一定糟透了。明天我请你吃饭。"

"明天你本来就要请我吃饭的啊!"

"那明天送你礼物。"茗涵说,"真没想到你还会去接我,我自己来就行。"

"怕你找不到这里。"普里塔说,"几点了?"

茗涵拿出手机看了眼,微微惊讶地说:"两点半了。你明天还有事吧?快睡吧。"

"我最近倒没事,你明天要上课吧?"

"可以不上。"

"那我们可以睡到中午,然后去逛街,接着去看电影。"

第二天两人睡到 12 点 50 才起来,冰箱里没什么了,茗涵说去外面吃。

普里塔把摩托突突地启动起来。"你怎么还不上啊?"扭头,见茗涵已经坐在自己身后了。

"你真够轻的。"普里塔说,看了看茗涵抓着摩托车的手,"别抓那里,抱着我的腰。奇怪,你昨晚不是抱着我的腰吗?"

"昨晚天黑,我害怕。"茗涵把身子向普里塔贴近些,双手环住她的

腰，"昨晚也是我第一次坐摩托。"

"准备走啦，不抱紧我摔下去责任可不在我。"说着，摩托冲了出去。

"昨晚坐你摩托的感觉非常好。"茗涵说。

普里塔把身体稍微往后倾了倾说："什么？我听不清。一会儿再说吧。"

餐厅大多关张了，两人找了半天，在艾克嘉丽小街寻到了开门的卡尼塔餐厅。

"你刚才说什么来着？"把摩托锁好，普里塔问。

"我还从未见过女摩托党。"茗涵说，"多危险呀。"

"和开汽车一样。"

"怎么能一样？汽车是铁包人，这摩托是人包铁。"

"这种说法好玩。"普里塔说。

刚在餐厅坐下，普里塔立刻向服务生要了包香烟，骆驼牌的。

"好像不是女士该抽的烟吧？"

"我喜欢这冲劲，管它该不该女士抽呢。"

上了香烟饮料后，服务生走回吧台。吧台后面是巨大的彩色马赛克漫画，漫画左边的墙上挂着一排巨大的"哈蒙"火腿，每个火腿的下面垂着白色小伞。银色的啤酒机旁，吧椅上坐着几个人，在看电视。马德里竞技队俱乐部主席在电视上泪流满面，声称准备放弃俱乐部主席一职。

"昨天我就一直想问你，"普里塔把嘴里的烟吐出去，靠近茗涵，"为什么那么多漂亮的中国女孩，都嫁给外国老头呀？"

茗涵轻蹙着眉道："我不明白你的意思。"

"阿伦说你是老内德的太太。我想知道这老内德到底有多老了。"

茗涵微微一笑："首先，内德是英籍华人。第二，对我而言，他不太老，他37岁。"

"那阿伦叫他老内德好奇怪呀。而且，他怎么会是阿伦的老朋友？"

"他在剑桥读书时就认识阿伦了，"茗涵说。看了眼电视她说，"前几天，一丝不挂就跑到大街上的女球迷好像是你吧？"

她想像中的不悦并没有出现，普里塔很认真地回答说："不是我。"

"那是艾斯蒂巴莉兹。"普里塔接着说，"她是皇马的忠实球迷。当时跟朋友打赌，如果皇马不能在本赛季第十次赢得欧洲冠军杯，就裸体出现在马德里街头。她把闹事的目标放在马德里竞技队上，不知是为什么。"普里塔把烟辗灭在烟灰缸里，"我原来倒也是皇马的球迷。我第一个男友是皇马的球星。第一次看他进球的时候，你知道我是多么激动吗？我从座位上站起来，喊着他的名字，像那些球星一样，把衣服从头上就拽了下来。我完全忘记了自己是个女孩。"普里塔站起来，双手拎着衣服领子往上拉，把当时的情景再现了一半，"我被电视台的记者拍到了，那个镜头后来被剪辑进好几个节目中。那时我才17岁。"

服务生拿过来菜谱。他穿着灰格衬衫，系着藏蓝色的长围裙。普里塔要了份世格匹亚的烤乳猪，茗涵要了份城堡鲈鱼。

水龙头、起子、扳手等装饰在木头盘上，挂在茗涵左手边的墙上。马德里的老照片，挂在普里塔对面的墙上。三个写着"卡尼塔"字样的啤酒桶盖子，装饰通往地下一层的楼梯旁。

绿黄格子的窗帘，被收拢在窗子的两边；绿格子的桌布上，是普里塔轻轻敲着桌子的手，烟盒打火机烟灰缸，一个装餐巾纸的木盒，两杯两个女人面前的饮料。

"后来他不愿意让我看他踢球了。"普里塔望了眼窗外的小街说，"我同意，他说什么我都同意。我于是站在圣地亚哥的通常称为伯纳乌球场外面等他，有时就为了看他一眼。实际上他踢完球后我经常找不到他。

有次，为了上洗手间，我去了 AC 酒店。我着急中，在大门口和一个戴大风镜的中年女人撞到一起。二十分钟后，就是她，开着宝马跑车，把我男朋友接走了。那晚我在米罗咖啡馆，一直喝到醉倒在男洗手间。他的一个队友，刚和拍了裸体挂历的影星女友分手，转而来找我。我知道这人和其他队友的女友也过从甚密。我后来知道了我那男友和其他队友的女友也缠绵悱恻。不愿意卷在他们的纷乱关系中，我退了。都是无聊的旧事。来，吃吧，我饿了。"

茗涵跟服务生要了盘子，把软红辣椒和油浸的白色生鲈鱼放进去一半。"给你。"她把盘子递给普里塔。

普里塔说谢谢，也要了盘子，把乳猪分了些给茗涵。茗涵又分回去大半："我不太吃肉。"

"哎，哎，我差点忘了。"吃罢饭，普里塔突然说，"昨天，你说请我吃中餐呀。"

"看完电影去吃中餐好了。"

"真的？"

"当然。"

到了卡姚广场，普里塔把摩托停在修剪成球形的绿树旁。那里已经停了三辆摩托。首都宾馆的灰楼上，有黄色骆驼的形象和字母。一个女郎手里夹着烟，正下地铁。

普里塔钻进路旁小店，在靠玻璃窗的两个大草筐里不停地翻着。胸罩三欧元、情趣内裤一欧元。选好，她挤过五六个女顾客，到门后的小收银台那里交钱。"谢谢。"售货小姐说，把她选的东西装在黑色带小花的塑料袋里，递给她。

"现在我就买这样的东西。"普里塔说，"我也有有钱的时候，有钱的时候也开过卡迪拉克。"

宽敞的石板步行街上走着不多的人,两边林立的店铺闪亮耀眼。头顶二层楼高的地方,蓝色和白色三角形的绸布漂亮地艺术地搭接在一起,为人们挡住马德里夏季的骄阳。

两人又逛了半天,正准备坐下喝点什么时,茗涵突然低声叫:"坏了,我今天要是不去学校取钥匙,晚上又没地方去了。"

"在我那里再住一晚好了。"普里塔说,"只是你不上课,真的没关系吗?"

"也不是什么正规学校,只要交钱就可以上。"茗涵说,她纤纤的手把纯净水端起来,"我一会儿想去皮特国际书店找几本书。你想去吗?"

"我不想去。"普里塔卖了下小关子,随即笑着说,"但是,我想陪你去。"

两人逛了书店,看完电影,又去吃了中餐,半夜才回到普里塔的住处。

"真是好久都没这么开心啦。"普里塔一进屋,便歪倒在双人沙发上高声喊。

茗涵在茶几右边的单人沙发上坐下来,见大皮箱的脚下躺本书,她起身把它拣起来:"是《堂吉诃德》?我还没看过原版的,借给我看看行吗?"

"你拿去吧。"普里塔的头在沙发背上换了个位置,"是因为听说它的发行量仅次于《圣经》我才买的。看了好几遍,没有一次看完过。"她突然想起什么似的问,"这样的书你也能看懂?"

"差不多吧。"

"你在唐吉诃德语言学校学西班牙语吧?学了多长时间?"

"一个月。"

"一个月?"普里塔呼的一下子坐起来,"一个月你能看懂原版,不

是骗我吧？"

茗涵淡淡笑了笑："骗你干嘛？我去语言学校之前，只会说两个单词。"

普里塔打了声口哨，然后说："那你可真是天才，我就喜欢天才。"

"什么天才？我只是记忆力比较特殊一些，基本能做到过目不忘。"

"过目不忘？"普里塔站起来，把书从茗涵手里拿过来，随意翻开一页："你看看这段，然后给我背背看。"

茗涵看了会儿，然后把堂吉诃德和桑丘进城堡和一群女人游戏一段，给普里塔背了出来。

第二天早上，两人在楼下的咖啡馆吃过早餐后，茗涵说自己得去学校了。

"我送你去。"

"不用了。你不去上班吗？对了，我还不知道你现在在做什么工作。"

"什么也没做，我的生活正处于重新开始的状态。"普里塔说罢，笑了，"我的生活总是在重新开始。"抽了两口烟，沉吟一会儿，普里塔说，"我男朋友贝多里可能和别人跑了。"

"听名字是意大利人吧？意大利男人可是恋母的。"

"这点我也能容忍，他的懒散、随意，我都能容忍。我受不了的就是别的女人从我手上把他抢走。虽然我知道他在台上唱歌剧时，是那么让女人们意乱情迷。"普里塔点了点烟灰说，"我听人说他在北非度假。我就是想省下钱来去找他，才搬到这么破烂的公寓里。长到这么大，我还从未住过这么烂的地方。"

"北非什么地方知道吗？"

"地方倒是知道，突尼斯。我本来是做了计划的，可忘了现在进入旅游旺季了。上星期五我去航空公司一问，机票涨了。从马德里到突尼斯

单程就要399欧元。"普里塔把烟熄灭，"和他之间这么悬着让我静不下心来。我只等着这事有个结果就去工作了。有家服装公司想聘我做设计师。我当模特儿的时候，经常自己设计时装。"

茗涵没有接她的话。茗涵说，"谢谢你这两天的收留，我过得非常开心。"

"谢谢你的午餐、晚餐、早餐，还有礼物。"普里塔说，"认识你，我非常非常高兴。"

两人像老朋友似的，在梧桐树下贴了贴脸，告别了。

两天后，茗涵在校园里见到普里塔时吃了一惊。

"我生在马德里，长在马德里，但从未进过这所学校。"普里塔的眼光四处瞧着，"我本没打算来找你。可想了想，没别的地方好去。"

"没去阿伦那儿？"

"没别的地方好去，不是没地方去。我父母就住马德里。"普里塔纠正说。

"我有朋友来接，不坐你的车了，谢谢。"茗涵对一直站在身边的高个男孩说。男孩点头，怅然地走开。

"谁呀？"普里塔好奇地问。

"奥伯雷冈，我老师。每天都想送我回家。那天，他拼命想送我，我拼命拒绝。趁他和别人说话的时候，我慌忙逃走，才把家里的钥匙忘在学校的。"

普里塔回头又望了望。

"为了感谢你来接我，我有礼物给你。"茗涵说，手慢慢伸向背包。

"又有礼物？哇，这是什么？去突尼斯的机票？我没有看错吧？"

"你看对了。"茗涵轻笑。

普里塔拿着机票，有些为难地说："感谢你的好意。可是，恐怕还是不行。我过去，还得吃，还得住呀。找人又不像别的，不知道几天才能找到。而且，我刚听说那里的物价比马德里贵多了。"

茗涵半扬着头，用右手拍拍自己的左肩。

"什么意思吗？"普里塔努起小嘴。

"带我去你就不用愁钱的事啦。"

三　北非富人天堂

晚上9点半，茗涵和普里塔才终于找到了好妙酒店。车停下有两分钟，对开的大铁门还迟迟不肯打开。

"什么酒店呀，就这种服务？"茗涵不满地说，使劲按喇叭。

"那么大声？"普里塔伸手把音响调小，"看你那么柔弱的一个人，开起车来却这么凶？"

"别人也这么说。"

大铁门仍旧没开。在供人进出的小铁门的右边，白色的小房子里亮着桔色的灯，却没有一点声音。铁门后的院子深深的，大大的，安静得仿佛在酣睡。

"这是私人花园吧？我们可能找错了地方。天一黑我就不辩方向。哎，普里塔，你怎么了？"

普里塔从短暂的沉思中清醒过来："茗涵，有件事我忘了。这里是俱乐部，我们不是会员，人家是不让进的。"

"啊？"茗涵说，稍倾下了决心，"都到这里了，不让进也得进呀，不然我们晚上睡车里？"

"半小时前，我看见了柏拉酒店，我们住那里吧。明天白天再过来。"普里塔的手往窗外胡乱一指。

"我怎么返回半小时前？再说白天来人家就让进了？难道我们就一直守在门外？这也不像你的风格呀？好了，好了，有车要出来了。它一出来我们立刻就进。"茗涵说着，把车往后退了退。

她们的"立刻"还是晚了些。对面的奔驰刚一出去，大铁门瞬间便关上了。

"你等着。"茗涵说，开门下车，向那小白房子走去。

二十分钟后，她怅怅地回到车里，半天没说话。

"我说不行吧？"普里塔说，"哎，都怪我。"

"谁说不行？"茗涵结束了演戏，开始启动车子，"准备吧，亲爱的普里塔，向这里要回你的贝多里。"

"哎，你是怎么跟人家说的？使了美人计吧？"

"这年头美人哪有钱好使？我直接给前台打电话。前台说行，警卫才放你进来。警卫没有权利，他只是看门的。嗳，帮我找找停车场，应该就是这里吧？怎么就停这么几辆车？我看没什么人嘛。估计你的贝多里不在了。"

"我看也没什么人，他们想挣点钱，这才放我们进来的。"

确实不像有很多客人的样子，有半个足球场那么大的前厅空荡荡的，高大的大理石柱，绿色的盆栽植物，都昏昏欲睡在半明的灯光里。落地玻璃窗前倒有几个孩子，却也一闪就不见了。

前台先生橄榄色皮肤，浓眉大眼；卷曲的头发那么短，却梳理得一丝不苟。茗涵边低头填卡片，边问些简单的问题。这俱乐部是意大利人为意大利人开的。也有不少比利时人和德国人。

"对外国人，我们要宽松一些。突尼斯当地人，则要严格筛选才能进来。"前台先生说。礼貌、好奇中有小小的殷勤。

一只手背在身后的服务生，送来了棕色托盘上的两杯鸡尾果汁。服务生穿着领口和袖口带黑色绣花的白色短袖上衣，腰峰上有白色图案的黑色长裤。和前台先生一样，这小伙子也有闪亮的笑容。

"普里塔你先喝点水。"茗涵抬头，却不见了普里塔踪影。找了半天，原来在远处的藤编椅上坐下了。

"一进这里紧张了吧？你的贝多里会和什么样的女人在一起？"登记完毕，茗涵到普里塔这边开玩笑说。大理石地面的中央，是个大大的八角形的拼花图案。在这八角形图案的四周，围着八块带棕色图案的淡绿色地毯。每块地毯的上面，是四把一组的藤编椅、藤编茶几。藤编椅上有淡绿色的布艺座垫和靠垫。

"你说问问他们行吗？"普里塔边问茗涵，边从藤椅上起身。茗涵身后，站着拎着她们背包的前台先生。

"那得靠你自己的努力了。"茗涵装着与己无关的样子。

"嗨，你见死不救。"

普里塔无奈地说好。在前台先生的带领下拐向大堂的右边，经过礼品店、室内游泳池，经过长长的略有起伏的铺着地毯的走廊，他们来到一扇门前。前台先生开了门，开了灯，请她们进去。

"好像不是靠海的一边吧？"茗涵说，去窗口看了看。

"没有靠海的房间了。"先生说，"不过请等一下。"说着走出门去。

一会儿，先生回来了。又领她们穿过长长的走廊，经过大堂，拐向左边。穿过略有起伏的铺着地毯的走廊，他们站到了电梯前。上了二楼，又走了一会儿，他们停下了。

先生开了门，开了灯，请她们进去。

"就剩这间行政套房了。"先生说，"有什么事请尽管吩咐。"

她们说谢谢。

先生刚想走，却被普里塔叫住了："你打电话给贝多里的房间，说两

位女士找他。或者，你把他房间的电话告诉我们。"

"贝多里？"先生说，"意大利人叫这里'意大利村子'，这意大利村子，叫贝多里的可不少。"

"30岁的贝多里，从西班牙来的。"

先生抱歉地笑笑："这个只能由您去找，我们对客人的情况都是保密的。"

普里塔扬手让他走了。

"有你这么问的吗？"门被轻轻关上后茗涵笑着说。

"那你说该怎么问？"

茗涵做了个为难的表情。然后，她笑着拍了拍厅里的白色布艺沙发："我是不是还得睡沙发呀？"

"这张床大，咱们一起睡吧。"已经走到拱门里面的普里塔说。茗涵也进去。床上铺着蓝色带抽象图案的柔软被子。床头是大理石打的，镶嵌在墙上；上面还有两盏灯，两个小台子，分立在床的两头。对着落地窗，镶着一圈大理石的镜子下，梳妆台也是大理石打出来的。大理石上，都雕着不复杂的花饰。

"意大利人终于在这里简单起来了。"茗涵抚摸着那些花饰说，"不管多难的一个建筑方案，在日本人手里，只要七个月。不管多简单的方案，在意大利人手里都要七年。当然了，意大利的'靴子里'装着无数让人类自豪的东西。"

普里塔含糊地应着，跑过去拉开窗帘。窗下右边的庭院，静静的。白色的球形灯照着草地，草地上的游泳池，窗下左边就是海了。在灰黑一片中，几处渔火忽隐忽现。这间行政套房估计是在一个拐角，因为客厅的玻璃窗外，基本都是大海了。

"咱们先去吃饭，然后再想办法。"茗涵说。

普里塔说好，两人下楼。在走廊和电梯间碰上几伙人。一打招呼，还真都是意大利人。

"意大利人当然不能开车来这里了，所以院子里才停那么几辆。"普里塔说，"但是看起来好像真没几个人。"

正说着，两人来到了餐厅。有半个足球场那么大的餐厅，基本没有位置了。原来人都在这里呢。

"路上一直忘了给你看看贝多里的照片。"找了位置坐下，普里塔把胸前项链坠上的心形小盒打开。

"意大利人男人在我眼里都一样，何况这么小，我怎么看得清呀。主要还得靠你自己。"茗涵说，稍停，不怀好意地笑了，"我倒有个办法。"

"你说，你说。"

"你在这里大喊'贝多里'，然后我注意观察。谁站起身来，或滑下座位，或悄悄溜走。那就可能是贝多里。即使同时有几个贝多里，我们也不难发现。"

"不行，不行。"普里塔说，"我先得看看他和什么样的女人在一起。像你说的那么一喊，可就没法看了。"

"那先吃饭，然后想办法？"

"行。"

餐厅服务生轻轻过来。问过好后，轻轻在她们的手腕处环上黄色的细带。随后"嗒"的一声，将带子扣死。

"我感觉自己被人打了包装。"普里塔把套了标志带的胳臂伸开看了看。

"没那么夸张吧？"茗涵说，拉了拉自己腕上的带子。好像是硬塑料做的，但很细腻，也很美观，"戴着这个，在这里的消费就都不用花钱了。"

"我知道。但应该在进门登记时就套上，而不是这里呀。"

"管理总有漏洞，你就别操心这个了。"茗涵伸手将服务生叫过来，

"请把蜡烛点上好吗？"

两人从大餐厅出来，顺着略有起伏的大走廊瞎逛。

"一会儿有歌剧《红磨坊》。"茗涵看着布告栏上俱乐部每日的日程安排说。

"那咱们得去看看。"东张西望的普里塔说，"贝多里唱《红磨坊》最棒了。"

剧场里只有后排有位置了，两人坐下。

"我去趟洗手间。"茗涵说。

"你去吧。"普里塔漫不经心地答，欠着上身四处张望。

茗涵回来时，奇怪地找不到普里塔了。脑袋都快转掉了，才发现她原来爬到了摄像师刚空下来的一个梯台上。

"你快点下来，小心摔着。"茗涵过去，仰着头小声说。

摄像师也回来了，对茗涵耸着肩膀。

"没看见贝多里。"普里塔顺着灰色的铁梯子下来，灰心丧气地说，跟茗涵回到原位。

意大利人的大声小气终于在音乐响起时平息下去。悠扬的歌声唱了有两分钟，红色的大幕才缓缓地打开。穿红裙子的康康舞女热烈地跳出来。

"这舞我也会，回头给你跳。"普里塔说，"你看过基德曼演的《红磨坊》吗？吓，真是光彩照人。"

"我更喜欢她的《时时刻刻》。"

台上的男主角在对着打字机自白。

"就是这样的，就是这样的。"普里塔急切地说。

"什么这样的呀？"

"男主角。男主角。贝多里就像这个样子。不是样子，是声音，声音像。"

　　茗涵扭头看普里塔一眼："你再这么大声，我就堵上你的嘴了。"

　　"你欺负我。"普里塔撒娇地靠在茗涵肩上，"你看我比你小，你就欺负我。而且，也不管人家还如此伤着心呢。"

　　"伤心？我看你别先伤身了，还爬到那么高的地方去了？你掉下来，我是不是还得把你背回马德里？"

　　"那你就给我叫架直升机。"

　　"直升机？我也就给你派个氢气球吧。"

　　"那我乖呢？"

　　"乖也是氢气球。"茗涵拍了拍她的脸蛋。

　　心爱的女人投入了总督的怀抱，伤心的男主角准备离去。女主角原来患了绝症，她只是不想让心爱的男人那么伤心。而死神已经等在门外，她怎么能不把心底的声音唱出来？歌声缓缓的，轻柔却深情。在怀疑和对怀疑的抗拒中，已经走下舞台的男主角慢慢向剧场的门口走去。突然，又有高亮的女声响起。像风后的急雨，不由分说，刹时把女主角的声音盖了下去。女主角在微微的吃惊后，还犹豫地唱。像老鹰厉翅下的小鸟，那声音想挣脱出去，却没有力量。乐队都停止了演奏。

　　有款有眼的咏唱，真是活色生香。分明是卡门。

　　普里塔唱着，慢慢走到男主角身边，拉住他胳臂。最初的惊悸随着普里塔的唱腔已经挥发掉了，那男人把放在他胳臂上的手温柔地拿下去说："已经够复杂了，别再给我更多的考验。"

　　"穿着凡人的衣裳，站在这里，我是爱神阿佛洛蒂忒。"对着男主角，普里塔唱道，"就在今夜，我从梦中醒来。对着月光，我再次端详自己。莫非我已经衰老，不再被人们需要？可是，我看到那么多的男女，还急奔着走到一起。虽然他们没心，也没有方向。突然，光辉雨点似地泻在我心里，惶恐地使我浑身打寒战。在这欲望丛生的城市森林，我终于又重见爱情的光芒。是的，是的，那是那姑娘对你的痴心。回到她身边吧，她有最真挚的爱给你。那是这世上仅剩的一棵绿树。抓紧你的幸福吧，亲爱的孩子，别忘了今夜我来过。"唱着，两个胳臂像翅膀那么扇着出了剧场。从震惊中醒过来的观众报以热烈的掌声。

"对着意大利的观众，你把爱神称为阿佛洛蒂忒？"两个女人走在庭院的草地上时，茗涵笑着问。

"我哪里管得了那么多？我只是近处看看那是不是贝多里。我想没准这个剧组的男主角突然病了，贝多里得知，就自动请缨。他最好管闲事了。或者，别人说错了。他不是在这里度假，而是演出。"普里塔说，"我其实也没想唱，但声音不知怎么就冲了出来，还亏得是歌剧，我有些时间想词；要是爵士，我还真不知该怎么唱了。"

"要是爵士，你就唱：我从梦中醒来我再次端详我看到那么多的男女走到一起没有心也没有方向没有心也没有方向没有心也没有方向……"

普里塔哈哈大笑："我看哪天咱俩来一出戏吧。"

"还把自己装扮成了爱神？"茗涵笑着轻轻摇头。

"装扮成爱神怎么了？我不够纯洁？爱神一定是经过很多爱，经过爱的欣喜、失望，经过爱的洗礼后才成为爱神的。就像耶稣，受尽了苦，从十字架上下来才从一个木匠成为了神。"

"我觉得不是，神天生就是神。爱神的诞生也是没有前因的，那只是宇宙中一个温柔幸福的瞬间。在涟漪微漾的爱琴海上，花雨下，贝壳上，维纳斯诞生了。没有前因，只是个美丽的结果。如果有原因，那就是世界需要爱神。"

"那就是世界经过了很多事情，欣喜过、失望过，经过洗礼后才诞生了爱神。总有个原因她才诞生的。"

"没有爱，哪来的欣喜和失望？"

"神的感受和我们不同吧，神始终怀着平静的心态。但谁先诞生谁后诞生我总是闹不明白。爱神诞生时风神、春神在旁边。他们为什么就比爱神要先诞生呢？"

"自然界当然出现在前。风神，春神，诸神都只是宇宙万物的一个个方面。其实神是在人后出现的。人类诞生后，出于对宇宙的敬畏，才想像出神。"茗涵望着天上的月亮说，"中国虽说是无神论，但还是有很多美好的神话传说。你知道嫦娥奔月的故事吗？小时候我望着月亮，总觉得自己看到了月桂树，看到了小兔子。现在我们早知道了，那里什么也没有。人类登上了月球，实现了空间上的飞越，却打碎了梦想。还有牛郎织女的故事，后来我也知道了，牛郎星和织女星是最不相配的。织女星比牛郎星大八倍。"

她们在游泳池边的躺椅上躺下来。一弯明月，闪烁群星，在纯净的蓝色天幕上，都快接近金色了。

"什么神我觉得也没有自杀神好玩。"普里塔说。

"自杀神？这个我还没有听说过。"

"我拍过的一部电影，外景地是在墨西哥。为了展开爱情的攻势，阿伦追到那里。我拍戏时不允许他在旁边看，他就自己出去逛。有一天他兴匆匆地找到我说：'普里塔，普里塔，有件事我得向你请教。'就叫辆车把我拉走了。我演的是女4号，没什么戏分，空闲时间挺多。一会儿，车子到了国家人类学博物馆。我一看这个，扭头便想走。你不知道，我是顶讨厌看博物馆这类东西。可阿伦那么求我，我只好进去。那时我周围的美女都被富豪用钱的各种花样追着，我还以为他准备把博物馆的什么买下来送我呢。结果进去，他指着壁画上的一位神说：'普里塔，这是自杀神吗？'我说我哪里知道。阿伦说他昨天来博物馆，就在这里，听见一个英国老太太喊'我的上帝'。阿伦问她怎么了。她指给阿伦这个神像说这是自杀神。阿伦本想问个仔细，可导游把老太太一伙匆匆带走了。

"我看了看，那确实是自杀神。阿伦看不懂。他能听懂西班牙语，也能流利地说，但认识的单词不多。那博物馆里的说明只有西班牙语。阿伦得到我的确认后笑了起来。他说从未见过这么有趣的神。可这神到底管什么呢？是不是站在他面前乞求就能被允许去自杀？说着，便拜了拜：'生不是我们选的，死也不是我们选的，上帝给人类的尊重体现在哪里？自杀倒体现了自由。'他说。那是我第一次听说自杀神。我们拍完外景准备回去的前一天，阿伦又兴匆匆地告诉我说，他研究过了，这个名叫伊斯塔布的神是墨西哥人十个重要的神灵之一，是他把自己吊在一棵树上。"

"自杀神应该是死神的孩子吧？"茗涵玩笑道。

"死神和谁的孩子？"

"不用和谁呀，一个人就能生出孩子。就像耶稣，他只是上帝的儿子。"

"那还有圣母玛丽亚呢。"

"上帝完全可以把耶稣造出来，之所以要通过圣母玛丽亚的身体，那只是使得他成为肉身的一种形式。"

"那你前面也说错了。一个人不能生出孩子，一个神能。"

"那好吧。一个神自己能生出孩子，一个人不行。现在也行了。都不是克隆，单细胞繁殖吗？"

"你说这世界上到底先有男人还是女人呢？按《圣经》上说，自然是先有亚当，然后用他的肋骨做成了夏娃。可亚当既然是人，他就该符合人的规律，人都是母亲生的。"

"他是第一个人，他是上帝造的。"

"上帝的问题也待推敲。不管上帝是怎么万能的存在，他还是属于这

地球的。这地球的生命，高等生命都是来自母体，他总不能是卵生的吧？"

"卵生的？"茗涵笑了，"你看过《人工智能》吧？上帝就属于那极高智能的一类，不用来源于母体。"

"那也不对，这世界是向前运转的。那极高智能的一类，一定得出现在我们之后。所以上帝先出来也是不对。"

"地球是这浩瀚宇宙的精华。上帝不是别的，就是这地球上万物的规律。"

"地球运转的规律也是呼应太阳系的，那之外还有银河系，还有更多更浩瀚，不为我们所知的。所以说上帝之外还有上帝。"

"你记得《圣经》上有这么一句话吧？在亚当和夏娃被逐出伊甸园后，上帝说：'那人已与我们相似，能知善恶。'我觉得这才是《圣经》中最神秘的一句话。既然上帝是在万物之上，唯一的，那'我们'指的是谁？所以说上帝之外是还有上帝，那是谁呢？还是上帝。上帝就是这宇宙间的规律。远古的人们视野还没有跨出地球而已。"

"可是这规律是怎么来的？是先有这宇宙才有规律，还是先有规律才有的宇宙？要是事先没有规律，那还不乱了？要是先有规律，是谁传达的让万物来执行呢？"

"就像人的身体由无数个器官组成，万物本身其实也是整体，是和谐统一的，一方面的运转必然带动另一方面。那个能让他们运转的'大脑'，就是上帝。上帝还是规律。所以人类乞求上帝是没有用的，人类只能用自己的智慧来发现这规律，利用这规律。靠规律办事才是聪明人。对现在的你我说呢，得靠规律来找贝多里。咱们走？"

普里塔伸了个懒腰说好。两人起身。游泳池里微波荡漾，微凉的微波荡漾着满池的亮星。

"还阿佛洛蒂忒呢，我看你也就是个程咬金吧。"茗涵又想起刚才的事。

"程咬金是谁？"

"中国古代的一个莽汉，总是从半路里杀出来。倒是有那么几招。也就是三斧子，三斧子过后就完了。中国有句俗语叫'半路杀出个程咬金'。"

"这个人物好，他正代表了事情的不确定性。出乎意外的部分。"普里塔晃着身子说，"谁让他下了舞台？他下了舞台，那就保不得会被解构嘛。"

两人穿过拱形的门廊，通过大玻璃门进到楼里。

"贝多里的规律？"普里塔说，"哪里热闹他就在哪里。"

两人经过前台，在左边的酒吧里坐了会儿。虽是喝着咖啡，但普里塔几乎就要歪倒在藤椅上了。

"咱们先回房间睡觉吧，今天太累了。"茗涵轻轻拍了拍她。

她听话地"嗯"了声站起来。

怕她迷迷糊糊摔倒了，茗涵赶紧扶着她。

"你不困吗？你还开了几个小时的车呢，我可真妒忌你的体力。"

"我是神经衰弱，到了晚上就精神。"

进了屋，普里塔脸也不洗换了睡衣便倒在床上。

"起来洗脸。"茗涵拉她。

"求求你别让我洗了。"普里塔边说边往床里面蹭，像是怕茗涵把她拉下来似的。

"晚上的卸妆比白天的化妆重要多了，这你该知道。"

"你什么时候见我化过妆？我现在都没有人样儿了，还是让我睡吧。明天，明天再洗，好吗？妈妈。"

茗涵一听"妈妈"，扑哧一下乐了。拍了拍她："乖，那赶紧睡吧。"

茗涵洗了脸，走到大门那里。也不知什么样是锁住了，什么样是没锁。她把门打开，轻轻试了几遍。正试着呢，突听里面"咚"的一声，然后是来不及穿好的鞋子急急滑过地面的踢踏声。茗涵吓了一跳，一回身，普里塔已经在身后了。

"睡惊了？死东西，吓死我了。"

"贝多里，贝多里在跳舞呢。"

"什么贝多里？三更半夜谁还跳舞？"

"不骗你，真的，不信你听。"

茗涵一听。还真有舞曲声从门外传来。两人出门走了一段，俯身往楼下大厅一看，还真有舞会。一些人旋转着，一些人坐在旁边观看。

普里塔就要下楼。茗涵拉住她："你就这么披头散发地去？贝多里还以为撞见鬼了。"

普里塔做个怪样，回屋梳了梳头，换了件衣服。

两人找了半天，没找到贝多里，失望地回来。

"你不拉着，我真就穿睡衣下去了。"普里塔说着，倒到床上。

"喜欢一个人，就那么没命地喜欢。真是全部心思，连收拾下自己这点都忽视了，根本连自己什么样子都忘记了。我也有这样的时候。"

两人一直睡到中午1点半才起来。打电话问前台是否还有午餐，回答说有，半小时后结束。两人赶紧起身去吃饭，吃完饭，在对面的咖啡吧坐了一会儿。出来，弯腰下去，看了看摆在阿拉伯人祈祷毯上，产于那布的各种瓷器。摆弄着瓷器，普里塔嘴里嘟囔"贝多里，贝多里"。

"痴出病来了吧？到底是什么样的人值得你这样？"茗涵说，"我可知道意大利男人：路上的爱情，定不下来的心。"

"什么样的？就是能让你爱到最深处的那样呀。"普里塔站起来。

两人顺着略有起伏的大走廊往前走。

"我烟忘记带了，先上楼取下行吗？"

"你吸烟的样子是很漂亮，但还是少抽点吧。"

"我跟你不一样，你是好女孩。茗涵，茗涵，曼德拉草……"走到电梯旁普里塔突然惊慌地说。

"怎么了？"

"我看见贝多里了。"

茗涵望了望四周，除了她们并没有别人。她抬手摸摸普里塔的头："发烧出现幻觉了？"

"这就是我要找的贝多里！"普里塔说，左手猛然向左边按过去。

电梯左手边的布告栏接住了普里塔的左手。不知什么时候，布告栏上贴满了照片，普里塔按住的是左下部的一张。六寸的照片，普里塔的手未能完全罩住它，在她中指和食指的右上部，有金黄色的头发，半个耳朵。

就像一道白色的闪电骤然向左边飞去；就像豹子对羚羊的一扑，就像老鼠在猫前的一窜。茗涵奇怪普里塔这么轻慢的人原来还有这么灵巧的动作。

"闪电"缓缓回落到手的形态里。那是一只修长的手，妩媚的手。警觉渐渐平息下去，但是敏感、热烈、浮动着小小得意的手似乎在说：看你再跑？！看这次我不抓牢你？！

那手就捂在那里，有抓住后的松怠，有想打开的犹豫，有下一步不知如何行动的紧张。

仿佛捂住了一只随时会飞开的蝴蝶，仿佛捂住了意大利男人热情有余，轻浮有加的心。捂着，好像只有捂着是安全的。

"让我看看是什么样的一个美男。"在普里塔捂住照片的一瞬，茗涵想说。但是，这话滑落回她的思维里。只有她的眼睛不动声色地盯着那只手。

在走廊明亮的白光中，这只手浮在那里。像进军谜底的费力思考，像暴雨落了十分钟后的白茫茫。

这只手旁边的那些脸，仿佛从河里伸出的一个个头，带着各自的表情，看着这突然从天而降的白东西。河要向前走，所以这手让开了。让开的这手听到了一个声音说："我爱他。"

那个声音接下来哑住了。

就在这捂住的半分钟里，时间流淌进来，流淌而去，改变了什么。

"我爱的是这个男人？！"普里塔不相信地问。

那人笑着，看起来却很窝囊，可以看到他身上有幸运的色彩，但他是个失败的男人。

"你怎么……怎么这么快就改变了想法？"茗涵不相信地问。

"是的。"普里塔说，像一个倔强的孩子说平时习惯说的"不"一样坚定。

"是的。"普里塔坚定地说，"因为我终于看到了他最真实的模样，这模样在我眼前出现过，一闪而逝，我没有抓到。不，不，我还没有见识过。它一次次露头，却没有最后成形。它只出现在它会出现的下一秒。而他，每次都成功地将它掩盖过去。就像我的不稳定，他也总是变的。而今天我知道了，他之所以要变，就是想把这个真实的样子掩盖起来。我能肯定，这就是他真实的样子。我自由了，我其实早该自由了。"

他的脸红着，仿佛是被她捂得太久的原因。

她想捂住的那个人已经走了，就像黑暗将最后一星烛火吞了下去。

四 暗夜迷香

茗涵从客厅阳台走回屋里，开始洗脸。再出来时，四周开始白得耀眼。她走到卧室，拉开窗帘，阳光像微笑那样洒落进来。

"你拉开窗帘我也不起来。"已经醒来的普里塔眯着眼说。

"今天不出去了？"茗涵问。

普里塔还赖在床上："嗳，嗳，你也过来躺着，躺着看海的感觉非常好。"

茗涵也过去躺，果真非常好，仿佛躺在船上一样。

"这里的日出跟马德里的落日一样美。"茗涵喃喃说。

也许是昨夜睡得太少了，躺在床上，茗涵竟睡着了。再睁开眼时她吓了一跳。在她的右上方，一个仙女正凝望着她。弯弯的棕色眉毛，秀挺的鼻子，抿在一起的柔美嘴巴。最是那双蓝色的眼睛，纯净、天真、梦幻一般。茗涵刚刚苏醒过来的心里充满了奇异，她不自觉地把手伸到自己的头上，把头发弄弄好。半晌，她问："普里塔，是你吗？"

那柔美的嘴巴慢慢张开，漾出了笑意。那安宁的梦幻般的脸在慢慢到来的真实里生动着。"你以为呢？"她问。

"我还以为昨天谈神谈多了，这会儿就来了一个。"

茗涵回想着初识时的普里塔。现在,那灰褐色的脸一扫颓势温润透亮起来,那有着暗影的黑眼圈消失了,那闷闷不乐向下的嘴角可爱地翘了起来,那迟疑的眼神灵动起来。是的,卸去爱情的折磨;卸去失望、疲倦、自暴自弃,卸去时刻准备着的小心机,这张脸终于现出它本来的面目。安宁里有着爽朗快乐,秀雅中透着天真。到今天,茗涵才算知道阿伦为什么会那么迷恋她。

　　"从今天开始,为你打扮了。"普里塔说着,把微微弯着的身子直起来。那一直被龙虾样的大黑卡子随意卡着的长发披散开来。金色的,微微卷曲着,顺着她身体的曲线披垂着。她穿了件黄色的吊带长裙,完美无比的脖颈上挂一串黑白相间的骨制项链。那长裙下的纤巧身躯,那裸露的肩膀、小臂,那她刚刚转过身去露出的半个后背,甚至那长裙没有遮住的脚踝,一切都是那么完美。在阿伦的庭院里那软塌塌的身体,似乎把过多的水分挤走了,变得结实、精致。

　　茗涵用审美的眼光注视这美,她已经半坐在大床上了。"你真是太美了。"

　　"我要是再高10公分,就会是个顶级模特儿。我表演给你看。"普里塔说着,边走边甩掉脚上的凉鞋。把放在梳妆台上的银灰色高跟鞋穿上,在地毯上像模像样地走上了猫步。她绕过床角,走到拱门那里,又折回来。"怎么样?"她问,"我的T台气质还行吧?"

　　"再高10公分?你干脆踩高跷算了。"茗涵笑起来,"模特儿?用任何什么来圈定你都可惜了。"

　　"你真是我的知音。"普里塔搂过茗涵的脖子,在她脸上亲了一口说,"从来没有一个女人这么夸过我。"她又甩掉高跟鞋,光着脚走到梳妆台那里。她把背包里的香烟拿出来。"好像突然醒酒一般。我怎么有那么差的眼光?"她点上烟,"你睡着的时候,我在露台上坐了一会儿。你猜我看到谁了?"

"你爱到深处的歌剧王子。"

"还有和他在一起的女人。"普里塔吸了一口烟说,"如果那是个优秀的女人,我的心还能往回走点儿。我怎么和这么差的女人分享一个男人?从外表看人是有些偏颇,但从谈话里是可以看出端倪的。刚才,他们就从我们的露台下面经过。"

"你的爱还是改变得太快了一点。"

"我遭遇过不止一次的背叛,我很勇敢地面对,想探个究竟,看到底是什么让这些男人背弃我?就像下到深井里去看那里有什么,恶意的伤害?男女之间藏在吸引后的对抗?身体互相探求后的嘲笑?深井里空空的,干干的,什么也没有。那只是无心的转变。我也被领上背叛之路,我总幻想会在新的爱情下焕然一新。可是,从来没有,一切都是从前的重复。而这道理只有在结束时才会被你意识到,结束快得惊人。你爱过的男人越多,这结束就越快得惊人。"

"是挺惊人的。"茗涵说,"早知如此,我费这么大劲陪你到这儿干吗?"

"你不是要去看迦太基人的遗址吗?"

"行,行,迦太基人的遗址。"茗涵说,"这里也不错,咱们还是在这里先玩玩吧,既来之则安之啦。"

白沙滩上,用茅草盖顶的尖顶凉棚下已经有很多躺椅了。有些人在躺椅上看书,有些则早早就下到了海里。绝好的浅海岸,二三十米外还可以看到清波下的白沙。蓝如玉的晴空之下,海浪温柔地拍打着海岸,地中海南岸的清波有处子般安宁的微动。

"不管北非南非,东非西非,你找到最好的宾馆,就能看到最好的风景,这社会就是富人的游戏。"茗涵说,叫服务生拖来两把躺椅在凉棚下,两人脱了泳衣外面的衣服,走去泳池旁的喷头下淋了淋水便下到海

里。海水微微的凉。茗涵站着，想慢慢适应一下。普里塔突然一下子把她整个人拉到水里，茗涵惊慌了一下，游起来，追上普里塔，打了她两下。她们鱼一样游动在晶莹的碧波里，远处蓝蓝的海面上帆影点点。度假的多是情侣或一家人，两个单身女人的组合引人瞩目。周围的男人不时把目光送来，也有游过来搭讪的。她们笑着，极快地游开了。

一个露着上身的漂亮少女站在岸边，奔跳到水里。

"我以为你也会露两点呢。"茗涵开玩笑。

"我正想这么做呢。"普里塔说，双手伸到背后，黄色三点式泳衣的上身被摘下，扔给茗涵。

"海上脱衣舞？"茗涵说，"跟你开玩笑呢。"

不像大多数西班牙女郎那么高耸，普里塔的乳房很小巧，像两朵花蕾开在她橄榄色诱人的身躯上。

"要么下海时你就别穿，你在这里这么一脱，不是要人命吗？"茗涵把漂着的泳衣拣起来，急忙游到普里塔身边，"赶紧穿上。"

普里塔把头一伸嘴一努，接过泳衣穿上了。

吃完午饭，他们走到电梯旁。白色的布告栏上光洁一片。上面的照片或被所拍的人买走了，或被摄影师收回了。两人回屋休息了会儿。午后海滩上热了，大家都在室内活动，两人在钢琴吧听了会儿钢琴，又看了画展。黄昏散了会儿步。吃过晚饭，两人又来到室外。草地上亮着几处地灯，被绿色的地灯照射的草地，亮绿亮绿的，假的一般。她们在泳池旁的躺椅上躺下来，蓝色的天宇繁星熠熠。

"看着星空，立刻会觉出自己的卑微，如同草芥。"普里塔说。

"是啊，"茗涵说，"草木一秋，人生一世。"

"你信人死后会上天堂吗？"

"不信。"茗涵说，"天堂是个美好的理念。"

"我也不信。"普里塔说，"我家不信这个，我父亲的论调我早已忘记，也许是被我母亲太强的声音盖住了吧。我母亲是坚决不信上帝，也许是她的祈求从不曾实现过吧。她是个非常悲观的女人，也是个不称职的母亲，不是不照顾我们生活的那种，她把我们的生活照顾得非常周到。可是，她在心灵上伤害我。尤其在我的世界观还没有成熟，还不能独自面对这世界的时候。

"'活着多苦呀，哪天死了算了。''活着到底有什么意义呢？'我母亲常说。也许是没有勇气了结才这么说，也许她这么说是想寻得我的安慰。可是，我能说什么呢？我知道些什么呢？那时我还不到10岁。我只知道她一说这话，死神就'嗖'地向我靠近一步。她说这些话的时候，通常是天将黑未黑之时。那时，我父亲在他工作的糕点房还没有回家。多年后我想，我母亲的悲观也许仅来自对婚姻的失望。那时，婚姻是很多女人的全部，可是当时我并不知道。我只知道那些话一出口，死神就会欣然而来，开始抓我。我开始奔逃，向我父亲的糕点房。我得跑过两条街。在越来越浓的黑暗中，我狂奔。我狂奔，那些话也跟着我狂奔。它落下来我就完了，我用意念让它紧浮在离我头顶一英寸的地方。

"我跑到了蛋糕房。我父亲大腹便便，他年轻的时候英俊高大。一定是上帝造他的时候打了盹，一觉醒来看到这么完美的躯体，便觉得做完了，便没有给他身躯内装内容。他什么也不想，即使想什么也极为简单。你简直会以为他身躯里只有胃。

"蛋糕房里灯火通明，香味扑鼻。师傅们边做着蛋糕，边开心地大声谈笑，仿佛做蛋糕是这世界上最开心的事。那热烘烘的香甜气息、爽朗的笑声，我看到死亡在玻璃窗外张望着，不敢举步。如果它进来，就丢块蛋卷给他好了，我想。如果我会做蛋糕我就一定不怕死神了。因为我会做蛋糕，就一定是有了什么能力。而我有这个能力，就一定不怕死神。

我这个想法来源于哪里我好像知道：在我父亲的店里有个男人，他比店里其他人更会做蛋糕，更大腹便便，也更乐观。街上的人都喜欢跟他打招呼。我那时不知道大家喜欢跟他打招呼是因为他乐观的天性，我以为大家尊敬他，是因为他可以做那么好吃的蛋糕。于是我想，当我会做杏仁糖糕时，那裁缝店里的人就会和我打招呼了；当我会做小茴香糕饼时，那五金店里的人就会和我打招呼了。我学会了做很多蛋糕。

"我慢慢长大。有一次，我姨妈带我去美术圆环看拉丁美洲戏剧节，我母亲没去，但她把她那著名的抱怨，'活着有什么意思呢'丢给了我。我在冰冷黑暗的汽车里坚持着，我想像那车轱辘就是我自己的腿，我拼命地奔跑，逃向安全的去处。终于到了灯火通明的剧场。舞台上一片灿烂，美妙的音乐、耀眼的华服，我的心安顿下来。台上的女主角是最安全的，因为那么多观众注视着她，保护着她。一个人，只要她周围站着很多人，她就什么都不怕。后来我知道了，那些人只不过是身后的一堵墙，就知道黑黑地沉默地站在那里。他们并不比一个人更有力。"普里塔清了清嗓子，停住了。

"是的，周围的人没有用。"茗涵说，"也是我小时候听来的一个故事。农村的夜晚，点着蜡烛，一些人围坐在一起。这时候，有个女人听到一个声音说'该走了，该走了'。这是死神的声音。他像个影子一样正蹲在地上。死神明明就蹲在地上，可是周围的人谁也看不见，他们还照样谈笑。'该走了，该走了'。那声音又催促。女人拿起一个什么东西向死神砸去，死神黑影跃到了墙上，瞬即又跳回地上。这是最恐怖的时候，因为没人能看到。你说了他们也看不到，虽然他们就在你身旁。死神将把你带走，任何人的手臂都挽救不了你。你必须得心里有个人，才会什么都不怕，才会在跟死神走时有坦然甚至愉悦的心情。"茗涵稍停了一会儿说，"在说出来时，尤其在我又向你转述之后，这个故事已经不恐怖了。"

"我有一个哥哥。"普里塔说，"有一次，在我母亲又说起那话时，我哥哥问：'人死后去哪里了？'我母亲说：'你死后就知道了。'"

"你哥哥现在在哪里？"半晌，茗涵问。

"他在知道了死亡是什么样子的地方。"普里塔说，"我还有个妹妹，有个大风天她独自在家。大风吹走了我母亲的披肩，那是她在鸽子节上差点得奖的披肩。我妹妹怕我母亲回来骂她，吓得哭了起来。我哥哥放学回家，问明情况便出去了，再也没有回来。我过了曼萨莱斯河，去了对岸的维沃若斯山地，我妹妹指给我的地方：我看到了那里的天竺葵、灯心草；看到了那里的鸬鹚、斑鸠，就是没有我的哥哥。他再也没有回来，去了更远的地方，最远的地方吧。"

"你妹妹还好吧？"茗涵鼓足勇气问。

普里塔笑了："还好，她在瑞士工作。"

普里塔歇了一口气，然后说："我哥哥走后，我们家仍过着平淡的日子。一件东西，放到盒子里显得很挤；放到屋里就宽松多了；放到外面的世界里，它就什么都不是了。人海真是茫茫，死了一个人，跟死个蚂蚁真的没什么不同。我越明白这道理，却越害怕生命的消失。因为我知道，这是一次性的。流逝了，便不在了，永远不在了。我从15岁开始恋爱，我不是身体上有那些需求，我只是想从他们身上找到安慰。"普里塔慢慢点上一支烟，"昨晚我们说的，人类之后还会有极高智能的一类动物出现。你说他们到时候望着星空，会想什么样的问题呢？"

"我要是能回答出这个问题，就不在这里了。这个答案得从时间的隧道中来寻找。"茗涵说，"人为何生，为何死，人生意义为何？宇宙为什么无限大？这些问题从来没有人能给我们答案。一直以来，人类在黑暗中摸索前行。无神论者说人死了便万事终结，原教旨主义者则说那是开始。不管是什么吧，从乐观的角度说，咱们可以换个角度来思考问题了。那些我们活着时无法看清的问题。我想人生的美好可能就是为了探寻这些秘密。我们什么都清楚，就像生活中没有意想不到的地方，又有什么意思？"

"所以说我喜欢程咬金，半路拿斧子冲出来的那个。"普里塔插话。

第二天午饭后她们离开俱乐部，看了附近克里比亚那个有数百年历史的城堡，又去那布转了转。她们准备在天黑前赶到突尼斯，然后第二天去看迦太基人的遗址。

从那布有一条上突尼斯的高速路，但不知怎么错过了。问了几个人，结果越来越错，能问的人也越来越少。旷野，在渐渐黑下来的暮色里越来越模糊。两天前她们来的路上那么低缓、曲致、温婉的丘陵，现在变得坚硬、苍老，就要死过去的样子。它们蜷伏于袭卷天地的黑暗中，随波逐流，任死亡的黑套子兜头而上。汽车穿过黑暗，却只能进入更深的黑暗。

远远的一两处灯火，恍惚地亮着。汽车行进着，但她们感觉到的只有这四周死般的静寂。白天，一笑而过的人世，水般流走了。远处蓝意盎然的大海，山坡上灰绿色的橄榄林，青青草地上的可爱绵羊……阳光下的美丽景致她们全然忘却了，她们看到的只有这天地间的苍茫。没有凄厉的风，没有漫天的雪或雨，但这苍茫的死寂完全笼罩了她们。

周围幽灵潜伏吧？那些茫行于旷野的孤魂野鬼？

在白天洁白闪亮的墓地，此时一点也看不见，却突然来到了心里。难道是寂寞翻卷起心里的悲伤？前生、来世、谁见过？我们有的只是这黑白转换间的短暂人生。认真或是游戏，逃脱或是迎合，到头来，我们都只能在悲伤中向这尘世挥手。我们的奋争、我们的眼泪和欢笑，最后都会像这大地一样沉睡。都会到那里，我们必然归之的虚无。这是人世

的普遍忧伤，暗藏于黑暗中所向披靡的忧伤。怎么才能怀有平静的心面对这必然？怎么才能有放弃这尘世的快活的心？怎么才能有不要依托的肆意的自在？

我们在尘世，却又不解这尘世。

"记得那天半夜给你打电话，你出来接我。在你摩托车的后座，在夜晚的城市风般穿行，感觉很爽。不像现在，有些冷，有些难受。"茗涵终于开口。而在她不知怎么就开口前的一瞬，普里塔的手轻轻地放在了她的手上。

"你知道妓院和酒吧为什么夜里才生意兴隆吗？因为夜迷惑忧伤。"

"我想可能是的。人类发明城市就是用来对抗这自然的黑暗。在城市里，有些黄昏，我有忧伤的感觉，但从没有现在这么透彻。"

"因为我们在陌生的旷野，而且迷路了。"她的手就那么轻轻地盖在茗涵的手上，纤纤的，却传递来温暖，"心里有爱，就会带我们走出黑暗。你说的。"

"我想到了我最喜欢的一首歌，我唱给你听，"茗涵说着唱起来："阵阵狂风吹过一片原野，遍地是泥泞，方向未能明，只有满天的星星照着我，给我痛苦的心带来光明。啊，星光灿烂，伴我远行，照我影……"

茗涵的嗓子一般，但她想表达的情感准确地传到了普里塔那里。

夜色里，那有着灰绿色叶子的橄榄树，在微风里缓缓成长。那收拢起蓝意的大海，在暗夜里吟唱。

她们一直没上高速路，她们穿过她们看不清的山峦和道路，夜里12点半终于到了突尼斯。

五　大房子空瓶子

"普里塔，我们在突尼斯的照片洗出来了。你要不要看？"

"要啊，要啊。你在哪里？"

"我在阿尔贝多大街的伯冈提诺餐厅。你乘21路公共汽车，或坐地铁3、4号线。"

普里塔笑了："我就在附近的朱丽安酒吧。"

一会儿，普里塔风风火火地赶到了。见茗涵一个人坐在这里，颇感吃惊。

"我经常都是一个人吃饭。"茗涵看着她坐下淡淡地说，"我也刚进来。"

服务生热情地招呼茗涵。他个子虽矮，却很英俊。橄榄色皮肤，大眼睛。

菜是茗涵点的，酒是普里塔要的。

"他父母是菲律宾人，他出生在西班牙。"服务生出去后茗涵说。

"很熟？"普里塔问。

茗涵说："来过这里几次。"

马德里的家庭，晚饭一般开在十点。人们习惯在饭前去酒吧喝点啤酒果子酒果汁,吃点冷盘。这会儿,餐厅的外间靠着柜台就站着好些人。他们喝着酒或饮料,或聊着天,或看着电视。电视正重播马德里竞技队的一场比赛。也有些人坐在靠窗的桌子旁。茗涵两人在里间。里间清静,装饰也很简单。墙上贴着两张汉克啤酒的广告。

服务生为她们铺上蓝白格子的清雅桌布,见两人在看照片,也凑过来看。外面有很多人要招呼,看了一会儿他便出去了。

茗涵看一会儿照片,打量一会儿普里塔。"那天在阿伦家见到的普里塔和你是一个人? 我真的不能相信。"茗涵说,"女人经常会让人耳目一新,但像你变得这么出格的,我还真是第一次碰到。"

"去突尼斯前心情特别灰暗,情绪极糟。我这人又特别易受情绪控制。现在好了,只要一想到你,我立刻就心花怒放。真的,和你相处非常……非常的舒服、愉快。"

放着柠檬片的红色桑格利亚汽酒装在巨大的敞口玻璃容器里,普里塔用放在里面的木勺搅了搅。先给茗涵倒了一杯,再给自己满上。

茗涵把盖在鲣鱼上面的那片西红柿拿到自己盘中,把鲣鱼留给普里塔。

"你干吗总吃素的?"普里塔把章鱼沙拉也拨给茗涵一些。她们习惯了两人分享。

"吃素身心清淡,我也不是吃素,只是吃得素一点。"茗涵说,"这几天忙什么呢?"

"上次跟你说过有家服装公司想聘我做设计师吧? 我正为此做准备。那家服装公司在巴塞罗那。我说现在过去不太方便,其实我是还没有弄好。我刚开始是用电脑画。画到昨天我突然觉得不行,又赶紧改用手画。我的电脑不是彩显,我怕出不来效果。"

"用我的电脑好了。手提的，拿来拿去也方便。"

"那你怎么办？"

"我没多大用，只是上上网。"

"那你和别人不是联系不上了吗？"

"我不发电子邮件，只看看新闻。"

"我也不能一天都画这个，我不画时就赶紧还给你。"

"跑来跑去还不够累的？"

"这样吧，我去你那里。也不致于太耽误你吧？我睡沙发就行。"

茗涵没吱声。

"是不是更不方便了？"

"如果敢的话你就去。"茗涵沉吟了一会儿说，"那房子闹鬼。"

"闹鬼？"普里塔棕色的细眉毛高高地挑起来。

"逗你玩呢。"茗涵笑，"我比你胆小；你都怕鬼，我能不怕吗？我敢一个人住吗？只是我住的地方从未去过人。我想它们见人时会不会害羞？"

"它们是谁呀？"

"房子。"

"我才不管房子的感受呢。"普里塔看了茗涵一眼，"别人没去过我更要去了，我大概住 3 天。"

"住多长时间都行。"茗涵说，"你要不要回去取下东西？"

取完东西出来，茗涵跳到普里塔已经坐在上面的摩托车上："我跟你说怎么走。"

"明天就得拼命了，今晚得放松放松。"

茗涵嫌她事多，但也即刻同意了。两人随后去乌埃塔街玩到凌晨 2 点。

"你可别半夜三更再折腾了，我神经衰弱。"茗涵开着门，对身后的普里塔说。

"好在我的努力将是无声的。不是努力后无声呀，我可不愿做无用功，我是说努力时无声。"

"进来吧，我的公主。"茗涵进门，开了厅里的灯，招呼她。

"好的，妈妈。"普里塔装嗲地应道，立刻快乐地奔陷进大客厅的白色布艺沙发里，好奇地东张西望。她又起身推开客厅右边的两扇房门。家具都很少，简单清雅。

茗涵领普里塔拐过客厅左后方的一扇大屏风，进入另一条小走廊。

"这里还有房间呢？"普里塔惊呼，"茗涵，这大房子你一个人住？啧，啧，啧，太浪费了。"

"那阿伦的家就该改宾馆了。"茗涵说，"我也觉得没必要租这么大的房子，可是碰到了。喜欢从这里望出去的风景。"

在一扇门前稍站，茗涵说："原来屋里的家具要多些，我把它们都搬到这屋锁起来了。"又向前走了几米，她打开一扇门，"你住这里。有单独的卫生间。"

回到客厅坐了会儿，茗涵说："我准备睡了。你呢？"

普里塔说她想干会儿活儿。

茗涵便领她看了餐厅和厨房。"如果你熬夜……"

"你陪我？"

"陪你？美的你！如果你熬夜，我想让你自己冲咖啡。可我这里没有。"茗涵笑，"如果你熬夜，也只能干熬了。"

"行了，你睡吧。我自己来熟悉这地形。"

第二天早起，茗涵发现普里塔在客厅的沙发上睡着了。她陷在睡眠里的样子很甜美，像个孩子。茗涵看了会儿，回房间取条毛巾被给她盖上。茗涵去准备早点。刚弄好坐下，普里塔就乱着头发冲进来："茗涵，你来，你来。"她嚷着，把茗涵拉到客厅，打开的电脑前。

"你看，这都是我昨夜画的。"普里塔一页页点过，"你看还行吧？"

茗涵看着屏幕，没有吱声。

"是不是觉得不行啊？"普里塔疑惑着，声音变小了。

茗涵半扭过头，看着她："不是不行，是太行了。没想到你还真有两下。"

"是吗？"普里塔高兴起来，随即口气又有些低沉，"也不知专业人士会怎么看。"

"估计和我差不多。"茗涵说，"你既然想从事这一行，手里就该准备一些东西，怎么快和公司见面了，才想着设计作品？"

"作品都在我脑子里嘛。"普里塔说，"都是贝多里闹的我什么情绪也没有。我饿了，想吃饭。"

"以为你会睡一上午呢，没准备你的份儿。"

"那我先吃你的半份。"

上午的阳光柔和地照着餐厅。洁白的墙上挂着几幅淡雅的画。静物画，都是淡灰、淡蓝色的瓶子，各式瓶子。

"是意大利画家的画吧？我在博洛尼亚博物馆见过。"

茗涵淡淡笑了下，没说话。她把自己的半份也推到普里塔面前："你先吃饱了，然后好好睡一觉。我自己再做。"

"咱们一起吃吧。"普里塔把茗涵的半份推过来，"我是因为做了个梦才突然醒的。我梦到一款非常奇特的服装：有些粗犷，有些夸张，还有些嬉皮士的风格。"

"那是什么样子的？"

普里塔伸了下舌头说："这作品还不是全部在我的脑子里。是我在海

盗市场看一个木刻得来的灵感，我想一会儿再去看看。"

"看木刻画得到的灵感？"

"不是木刻画，是木头门，有着繁复设计的东方风格的木头门。今天正好是星期天，你陪我去好不好？"

茗涵看着她没有说话。

"那你是答应了？"普里塔快活地说。

"哪个声音说我答应了？"

"你没说不同意那就是同意了。"普里塔狡辩。

茗涵还不动声色地看着她。

普里塔绕到茗涵这边，摇着她的胳臂："陪我去吧，陪我去吧。求你了。"

"摇什么？我不是同意了吗？"

"你什么时候同意的？"

"我没说不同意那不就是同意了吗？"

普里塔高兴起来："我就知道你会陪我去的，突尼斯那么远你都陪我去了。"

卡片、饰品、唱片、古董、木箱子、陶器……海盗市场的各色物品令人眼花缭乱。在人堆物堆里挤了半天，才看到普里塔说的那个木门。

"这木门还有点价值。"茗涵稍微眯了下眼睛说，"这是巴基斯坦产的。"

普里塔吹了声口哨，"你这个也知道？"

看了两分钟，普里塔兀自说"行了"，遂转去看旁边的陶瓷罐子。

"木门看好了？"一会儿茗涵跟上她，问。

"看好了。"普里塔说，"咱们走吧。"

刚从古鲁德多利斯大道向北走了没几步，普里塔突然停下来："如果

我想回去再看看木门，你会怎么想呢？"

"我想打死你。"茗涵说，稍停，"还以为你摔个跟头，就会把刚才看见的忘了；谁知这还没摔呢，就忘了。跟我走吧，我为你带上了。"

"你带着呢？"普里塔上上下下打量她。

"我带个破木门放哪里呀？"茗涵问，把背包里的数码相机给普里塔看。

普里塔"噢"地高兴地叫起来。

两人步行到马幼广场。在马幼广场吃过饭，买了咖啡，回茗涵那里。"你好好睡一下午。"茗涵说。普里塔问"你呢？"茗涵说"我看一会儿书。"刚过一个多小时，普里塔便懒洋洋来到茗涵这屋："阿伦刚刚来了电话。"她打着哈欠说，"约我们去他家喝茶。"

"约我们？不可能。"茗涵放下书。

"是约我。"普里塔说，"我说我和你一起，他非常吃惊。"

"他以为我们在他家认识后就没再联系了。"

普里塔轻轻摇了摇头："他奇怪的不是这个。他以为你早回伦敦了。他好像不知道你住这里。"

茗涵轻轻笑了笑："我干吗什么都要告诉他呀？他是内德的老朋友，不是我的。我只是替内德交给他一样东西才去他那里的。就是见你那天。你去和他喝茶吧，我不去。"

"我对见他也没有兴致，可是他要走了，就算告个别嘛。"

"他不是刚庆祝完自己的归来吗？"

"他每次回来都以为我会给他希望。"普里塔在茗涵身边坐下，"这次我和贝多里之间的变故没有告诉他。"

"你往旁边坐坐。"茗涵轻轻推她。

"怎么啦？"普里塔有些疑惑。

"你吹出的气让我直痒痒。"

普里塔就靠得更近："就让你痒痒，就让你痒痒。"

"我服你。"茗涵站起身来。

"这样折衷好不好？我也不去他家了，就在这附近，咱们和他喝一杯？"

茗涵没吱声。

"求你了。"普里塔稍微皱着可爱的小鼻子说，"你不去，我也不去了。"

"那稍微远点吧。"茗涵想了想，"把他约在格兰维亚大道上的Asador酒吧，约在晚饭前吧。你先睡一会儿，你必须先睡一会儿。"

"就知道你会同意嘛。"普里塔撒着娇说，又立刻转了口气，"好，将军，我把命令发送给阿伦后，立刻去休息。"

"才刚刚回来，又要出去？"茗涵问。

"是啊。"阿伦说，"只有在历险中，我才能辨识出生活的滋味。

酒吧里还没有几个人，吧台长长的，壁橱长长的，里面的各色酒，在灯下闪着光。一串白球灯从天棚上垂下。从窗户那边数，第二盏熄灭了。一个穿黑衣服的中年人从黑色的皮吧椅上突然起身，迅捷地走出门去。一杯没有喝完的红酒，安静地留在吧台上。

"生活就像一瓶白兰地，迟早是要被喝光的。可我们要慢慢地喝。把它们放在美妙的大肚小口杯中，让我们的手，传递给它微微的温度，让它荡漾出更多的香。而我们，迷醉或清醒地度过恍惚或甜蜜的幸福时刻。"阿伦摇着手中的白兰地说，"我们给后人留下什么呢？本质上说不留什么，但我们可以把我们的经验，那喝酒用的杯子，那喝酒的方式留下来。更让他们知道应该酿造更美的酒，而且在酿酒的过程中体验幸福、创造幸福。"

普里塔的右手夹着烟，握着杯子。她喝了一口，把杯子放下。她左边的墙，装饰得像分层的岩石。墙上是棕色橡木的小格子窗。窗的周围装饰着精致的银铁，棕色光滑的橡木条，一段段隔开小格子窗。三人的头顶，天棚不是水平的，是起伏的。上面是印象派似有似无的绿点。

　　"茗涵，你给我作证，要是我回不来了，我的全部财产都属于普里塔。"阿伦把玩着酒杯说。

　　"这该写进遗嘱啊。"茗涵说。

　　"写了，你再给我证明一下。"

　　"无关紧要的角色我不当。"茗涵说。

　　"他每次走前都这么说，可每次都全身而归。"普里塔说。

　　"而且是全心。"阿伦用手指点着普里塔，对茗涵说，"看这恶毒的女人，巴不得我一去不复返。"

　　"你好好地回来，那话不白说吗？"普里塔斜了阿伦一眼。

　　"我一次躲过三次躲过，也不能说就永远躲过了。"阿伦说。

　　"不愿意听。"普里塔摆了摆她的纤手。

　　"这次去哪里？"茗涵问。

　　"先去伊拉克，然后去印度。"

　　"有什么该交待给她的赶紧交待，我去洗手间了。"茗涵说，便起身往前走。接近楼梯，左侧，有幅大大的风景画。像是从皇宫那几个廊柱向西望着远处的山峦。茗涵看了会儿。在洗手间又多呆了会儿。出来，又多看几眼楼梯。楼梯的立面，装饰着小灯。给人当灯泡，她感觉有些烦。

　　"差点忘了，我还有个约会。"回来坐下后她说。

　　"和谁？在哪里呀？"普里塔看了她一眼，有些不悦地问。

　　"离这里不远，在快餐潘式。"茗涵说，"你们愿意，一会儿可以去那里找我。"说罢，匆匆告辞。

出门走了十几米，茗涵将脚步慢下来。街上人流熙攘。她走过快餐潘式，走过汉堡王快餐，走过举着冰激淋的矮个男人的彩雕。她停下来，折回去，在汉堡王快餐前的木头长椅上坐会儿。红色的74路车轰隆隆驶过。

茗涵去报亭买了份《巴黎》，便进了快餐潘式。西班牙人对汉堡包不感冒，平均10万个人才拥有两个。但快餐店里还是有些年轻人。隔个过道，茗涵右边的女孩，在看一大张汽车广告。面前是可乐、长条的汉堡；左边窗外，一个无家可归的中年女人，靠近红绿灯站着。她穿着高帮的棉鞋，夏天薄裙子的外面套着秋冬的大衣。破旧的ELLE牌拉杆箱在她干硬而黑的手上，一个破烂的该是晚上用来当枕头的皮垫子，一个黑色大塑料袋，呆立在她的腿边。她停在茗涵左边那条小街上。无数个红绿灯都变过了，她还没走。也许没地方去。去哪里都一样，她终于走了。拉杆箱的左侧轱辘在马路牙子上，右侧轱辘在马路牙子下，颠簸了几下，拉杆箱歪斜到马路上了。不知道这些人是怎么失去家的。亦或开始时就没有？茗涵怔怔地望着窗外。

"小姐，我能坐这里吗？"有人问。

茗涵扭过头。是普里塔。

"还以为你约了你的老师奥伯雷冈呢。"普里塔坐下，微微喘着气。

"奥伯雷冈？"茗涵笑，"阿伦他人呢？"

"我让他随风去了。"普里塔说，"美国人去伊拉克？不是找死吗？不过，这找死的，也不容易死。"

"上班辛苦了，妈妈。我给您准备好了饭菜。"晚上茗涵一进屋，普里塔便跳过来装成孩子的声音说。

茗涵笑眯眯地拍了拍普里塔："乖，真是懂事了。"

普里塔把她拉到餐厅，把蛋壳色的绣花麻布餐巾搭在她腿上："一切都不用您动手。"

这是马德里肉汤,这是蜗牛,这是牛肚。普里塔一一报着菜名,把菜端上来。

"这么丰盛,过节呀?"茗涵说,"什么节?"

普里塔望着她笑。

"让我猜?这可猜不上来。你们西班牙的节日太五花八门了。有天我听人说,你们西班牙平均一年至少有一百五十天在放假。"

普里塔望着她笑。

"一天都忙活这些了吧?"茗涵伸手把酒杯拿过来,"辛苦了。来,我倒杯酒给你。"

"你先别动。"普里塔欠身抓住茗涵的胳臂,又把它放开。嘴巴努动着。

"还要先说点什么?感谢我?明天准备搬走了?"

"不是,不是。"普里塔晃着头。然后她停下来,望着茗涵,"说句话你别生气。我觉得你有点神怪:清清淡淡的样子,却总是那样,那样……"她咂了一下嘴说,"我说不太清。"

"吃饭时说这个干吗?"

普里塔看着她,眼光低下去,瞬即又抬起来:"我怀疑你那屋子,你那锁起来的屋子里有些什么。我把它撬开了。"

"你想干吗?"茗涵叫着站起来,把餐巾扔到地板上。

"不想干什么。"普里塔过来她身边,"我只是不想让你把太多的事情藏在心里,那样会生病的。真的。你心里如果藏着什么,不妨和我说。"

茗涵默默地盯着她。

"我什么都告诉你了,你的事情却从来不说。"

"你想知道什么?"茗涵高声问,把面前普里塔的身体拐开,急走进那被撬开的房间。

"我什么也没动，我只是把门撬开了。"普里塔跟来，在她身后好似无辜地说。

"我什么也没动，我只是把门撬开了。"茗涵嘲笑般地重复着普里塔的话。轻轻"哼"了声后，她说，"你是没动什么，也没什么可动的。这些家具都是房东的，没一件是我的。"

"走吧，去吃饭吧。"普里塔拉她。

茗涵胳臂一挣："还吃饭呢？我早气饱了。"

"早知道我有这个功能，应该多气气我家人，省得我妈整天围着炉子转了。"

"行了，行了。"茗涵不耐烦。

普里塔看着她，干张了一会儿嘴巴。然后，那嘴巴又出声了："好茗涵，吃饭吧。是我不对好了吧。下次我再不这样了。你不想让我知道的事，我坚决不去探听。"

"你的作品也完成了，赶紧去巴塞罗那应聘吧。"茗涵面无表情地说。

"我是很快就去，可我们把饭先吃了好吗？你看那肉汤，"普里塔掰着手指，"那是我用红萝卜、芹菜、豌豆、甘蓝、土豆、猪肉、牛肉一起焖煮的。光准备这些东西我得花多长时间？"

"是不是把门撬了，觉得过意不去，才做了这顿饭来哄我？"

"上帝作证，我是先做的饭。做完了没事干，才把那房间撬开的。我们认识以来，都是你在帮我，我想帮你做些什么。"

茗涵微微摇摇头，哼笑了一声："你把好好的门给我撬了，是挺帮我的。"

"我真的是好意，茗涵。如果你心里有什么，不妨发泄出来。总憋在心里是会出问题的。"

"你住嘴！"茗涵道，稍倾她说，"如果我们真的心有默契，你是能从这屋子看出点什么的。还烦劳费那么大劲撬门吗？"说着，她走回到

客厅。

"我看你这些瓶子……"普里塔跟过来，坐在她身边，"前天从海盗市场回来，我又发现了你这里的一些瓶子。"她眼睛盯着墙上的几幅画。

"咱们去吃饭吧。"茗涵起身。

饭后茗涵喝茶，普里塔喝咖啡。

"我注意到你从不喝咖啡。"普里塔说。

"咖啡太浓，不适合我。"茗涵说。

普里塔把茗涵的杯子端过来瞧了瞧。

"迷迭香茶。"茗涵淡笑了一下，"对记忆有好处，而且，喝了心情会愉快。"

普里塔也没征得茗涵的同意，上去就喝了一口。

"加了柠檬和蜂蜜？"

茗涵点头。

"我大学是在中国上的。"喝着茶，茗涵突然说，"虽然我学的是企业管理，但我最爱的是美术。我从小就迷恋美术，在高三时达到痴迷的程度。那时我不想上大学了，就想画画。'你念完大学，想干什么都可以。连个大学文凭都拿不到，你今后怎么在这社会上立足？'我母亲几次三番地劝我。拿了大学文凭，有了体面工作，我完全可以业余画画。但那时的我一直不懂这点。我以为有了这个，就要舍弃那个。生活中好多事情是没有那么大冲突的，但我不知道。也许和我想很深地占有一些东西有关吧。"

"这些瓶子是你画的？"普里塔小心地问。

茗涵点头："还记得我站在你床前看康定斯基的画吗？看到它，仿佛看到自己的青春时光：好强、倔强、伤感、还树敌。有时根本不知敌方是谁，没准是自己吧。和自己较劲。"

"我喜欢你的这些瓶子。"普里塔说。

"我就像这些灰蓝色的瓶子，简单的、安宁的，等着自己脆弱地碎。我知道我为什么喜欢画画了。因为我想把一些东西保存下来。我知道有其他的保存方式，可我只会这个。我知道即使把它们画下来，它们终究有一天也会消失的。这挡住白墙的画不见了，这墙也不见了。它们都消失在时间的风平浪静中。我想起阿伦的比喻：人生像酒瓶子里的白兰地。我想这是他的消费态度，我却觉得自己像酒瓶。我总想留下什么，虽然我知道最后什么也留不下。"

"你总是说感受不说事件。"普里塔说。

"那是我们的表述方式不同。"

"你先生是什么样子的？如果能说的话。"

"没什么不能说的。"茗涵说，"他的样子很像欧洲：富足的、气定意闲的、温和的、平淡的、无聊的。"

六　蹩脚的友谊

茗涵刚出校门，一辆摩托慢慢向她靠过来。普里塔？不对，是个男人。后座上是普里塔？又有新男朋友了？速度还真够快的。摩托慢慢从她身边擦过去了，倒是一直停在那里的奔驰车开了门，下来一男一女，向她走来。茗涵有些愣，两个人都不认识，女人倒是东方人。

"茗涵，不认识了？"东方女人笑着走到她面前，男人在一边有些憨地笑着。

"是董宾？"茗涵迟疑地问。

"那还是谁？"那女人过来拥抱她。

"我还真不敢相认。"茗涵上上下下打量她，"可真漂亮。"

"胖了一点就没那么丑了。"董宾说，"这是我丈夫贝德罗。"

贝德罗过来和茗涵握手，相互客气地问候几句。

董宾是茗涵大学同班同学，刚入校就是他们班的团支部书记。他们的生活还不曾展开，个人的才干还未能得以施展，老师是凭什么让她当书记的呢？是根据档案中高中的表现吗？这些问题茗涵入学时并未想过，只是在和董宾很"好"之后才想到。董宾是班上的第一个党员，成绩前三名，体育又好，是校园里的前锋人物。茗涵呢，不是董宾这样类型的女生，也不是漂亮女生。她隐藏自己的个性，默默无闻。她和班上的人也没什么往来。有时也去图书馆，但更多的时候去校外。没人知道她忙什么。她和董宾的友谊来源于一次事件。他们谁也没再提起过那个事件，两人的交往却密切起来。那时离毕业只有一年了。上课、自习、吃饭，她们很少在一起。她们只在饭后的黄昏时候骑车出去。

在进入校学生会后，董宾曾和学生会主席关系密切过一阵。那主席和董宾一样不苟言笑，同学们评价他们是革命同志式的爱情。他们到底是爱情还是友情？有人询问茗涵。茗涵说："我什么也不知道。"问这样问题的都是女生，男生不敢和茗涵说话。"她看男生的眼光很凶狠。"多年后，茗涵听人这么说自己。

董宾的穿着和她的人一样朴素。茗涵呢，只穿黑色和白色的衣服，从来不穿裙子。班上有个女生，走路时两肩向后，几乎是腆着胸部。那乳房本就丰满高耸，再这么一腆，很是招人非议。茗涵没有高耸的乳房，但她皮肤洁白光滑如玉。尤其是脖子，细腻完美。自己的这点，她是多年后才知道的。当时，她把白色衬衫的第二颗纽扣解开，只是出于舒适。"别这么穿衣服。"董宾看到后，伸手把第二颗纽扣给她扣上了。那之后的周二下午，茗涵正对着墙打网球时，下起了雨。茗涵没觉得那雨算什么，所以没有收拍。董宾来了，为她送来雨伞。几乎就要被感动时，她听到董宾语重心长地说："茗涵，每个人都有自己的特点。"她正准备揣摩这话的意思，只听董宾说："你完全不用通过这种方式引起别人的注意。"

在心里，茗涵从未把董宾当成朋友。也许董宾也是这么想的吧。她和茗涵交往，只是她身边没有别人而已。毕业后茗涵没再主动找过董宾，虽然她们的单位相距不远。

董宾嫁给了一个很有前途的出自高干家庭的外科医生。虽然她相貌、家庭和对方都不对等，但那男人对她言听计从。董宾确实是好主妇，在单位也锐意进取；她有充沛的精力，家庭事业两不误。就在那男人准备提升之际，出了严重的医疗事故。也许是对自己的前途看得太重，那男人一下子垮掉。董宾来找茗涵："我尽最大的努力来帮他摆脱那事故的阴影。可是，我觉得无能为力了。他酗酒、赌博，完全无药可救了。我没想到一个男人会如此脆弱。"其实，董宾根本不需要别人的意见，她只需要说一说。她来找茗涵说，只是她身边没有能说的别人而已。很快，董宾和那男人离了婚，去了西班牙。"我不能把自己也拖入不能自拔的泥沼中。"也许她是对的。她知道保护自己，保护自己的心情和体力。

"到了。"董宾说。

茗涵站在这别墅前有一瞬间的犹豫。董宾突然从天而降找到了自己？！董宾费些劲地找到自己，仅仅出于她不能变更的友谊？有的人，认了朋友，就觉得一辈子是朋友吧。董宾一直当自己是朋友，虽然她从未表达过什么。茗涵觉得第二个可能更难以承受，因为在这断断续续的交往中，自己付出得更少。她想表达也觉得吃力，她确实也没有什么要跟董宾表达的。

董宾的家体面、气派，带着她一惯的简洁精练。她老公是西班牙家具出口和工业联合会的一个官员，来自马德里有些背景的家庭，认识董宾时还是单身小伙子。董宾是有能力将"熊市"变成"虎市"的人，她现在在联合国旅游组织总部工作。

"还是纳闷我怎么找到你的吧？"董宾说："我婆婆告诉我的，她在一个聚会上认识的你。"

"你婆婆？"

"她叫露西。"

茗涵觉得自己的心踏实了一些。

"六个人在一起，就会有两个人有共同的朋友。"董宾说。一个男孩跑出来，混血孩子很漂亮。

"孩子几岁了？"茗涵问。

"你说哪个？"董宾问。这时茗涵看见保姆站过来，她怀里抱个2岁左右的女孩。

"男孩5岁，女孩17个月。"董宾说。她看了看女孩，便让保姆抱走了。

男孩倒一直跟到餐厅，在整个就餐期间不停地用眼睛盯着茗涵。

"露西说那天你们聚会，还去了个叫普里塔的西班牙女人。"董宾突然说。虽是突然，却好像谈起天气一般自然。她正把新上来的鳗鱼苗递给茗涵。

"是呀。"茗涵应声说，"谢谢。"

"听说你们往来很密切。"董宾把自己的盘子从女仆手中接过来。

"这个你也知道？"

"都是露西说的。"董宾说，现在她放下盘子，转过脸对着茗涵，"我不知这么做是不是堂突，但我觉得有责任提醒你，虽然我们这些年没有联系，但我一直当你是我最好的朋友。"

"什么事这么严重呀？"茗涵放下叉子，半笑着问。

"有时候，人们仅从你交往的朋友，就可以看出你是什么样的人。"董宾说，"你是个好人，我清楚。但你交往的朋友总是那么，那么……"

"人们仅从你交往的朋友，就可以看出你是什么样的人。"茗涵重复着董宾的话，"露西和普里塔也有共同的朋友阿伦，还是，"她有些挑衅地说，"普里塔怎么着露西了？"

"普里塔没怎么露西。"董宾说，"但这普里塔，绝对算不上好人。尽管现在说一个人是好人或坏人有些不合潮流。说轻一点，她绝对算不上正常人。1981年毕加索的杰作《格尔尼卡》返回西班牙后，在普拉多美术馆别馆展出。普里塔爱好美术，这不错。但是不能因为她爱美术，人家就不要她的门票。她软磨硬泡，几乎使用了色相。人家还是没让她进。结果怎么样？要你命你都想不到！第二天，她放了七条狗进去，展览被迫关了半天。那时，她才10岁！她71年出生，和你我同龄。她有些小才能，但这么多年，她把精力都浪费在选择上：一会儿当模特儿；一会儿演电影；主持过电视节目；好像还画过两笔画。她从事的职业太杂，我几乎记不住了。她的男朋友成打；她差点成为兰蔻化妆品的代言人；那天前去给她拍照的是摄影大师里查德·艾夫登。可是，她失约了。她没能起床，因为头天晚上她喝醉了。

"这也不是普里塔一个人的问题，她的家庭也一直备受争议。普里塔曾有个哥哥，是个智障儿童。再怎么也是自己的亲孩子呀，可他们家把他扔了。她的家族一直是和不光彩联系在一起的。她祖父曾从日本带回个女人，在自己已经有了四个孩子的时候，他把那女人安置在偷偷买的一处房子里，开始过起了双面人的生活。那女人来马德里的第六个月投曼萨莱斯河了，有人说是她祖父谋杀的。而普里塔的母亲……"

贝德罗有些听不下去，他终于插嘴说："茗涵，来点大蒜汤？"
"你别说话。"董宾说。
那男人向茗涵耸耸肩，消失了声息。
"不是普里塔这一个的问题。"董宾说，"大二时，你在校外有个女朋友。那女孩，竟然给美术系的人当裸体模特儿。我总想和你谈，可总没有开口。大三上半学期，你又认识个女孩。那女孩年纪轻轻，却不工作，在社会上混。你干吗总和这些乱七八糟的人交往呀？一个人的世界观，会不知不觉受周围人影响的。真的，我觉得她们消极的生活态度确实影响了你。"
"你们学生会的人，是不是还兼职做间谍呀？对我的历史还那么清楚？！"茗涵半认真半玩笑地说，"提香的画展正在马德里举办；你看那满街的招贴画：《乌比诺的维纳斯》，裸体的。你觉得很丢人吗？"

"这不是咱们的国家，也不是我们念大学那个时代。"

"的确不是我们念大学那个时代，是几百年前文艺复兴时期。"茗涵说，"还有一点你不清楚吧？我也不工作，在社会上混。"

"我没说你，你总混为一谈。"董宾说，"现在不工作的女人不少，但在嫁人之前，一个女人年轻轻的就不工作，总是说不过去。尤其在咱们国家，我们念大学那个时代。"

董宾的提醒应该说是好意的，但茗涵受不了这种指手划脚的方式。这么不和谐的友谊能生存这么长时间，这是令人吃惊的。又不像能凑合就凑合的婚姻，她们真的不适合作朋友，却被奇妙地绑在一起。和她们都太孤单应该有关系吧？这不争气的友谊，茗涵也是有责任的。她从未把心交给董宾，她也想真诚，可说真的，身体里的这颗心，她自己也懵懵懂懂。

茗涵的思维已经离开了这里。多年前，如果董宾当别人面这么说，茗涵是会拂袖而去的。但现在，她眼睛看着董宾，却想自己的心事。她也想给在座的这个男人留些面子。这个一口一个"咱们国家"的人，在别人的国家里生活得多好呀。事业，家庭，真是完美。也许她说"咱们国家"真是发自内心，也许她从未把这里当成自己的国家，即便在她加入人家的国籍后。也许，人的身和心，大多时候是分离的。理智的人，懂得放弃的人，懂得这社会游戏规则的人，她们才是生活中的成功者。自己和普里塔都不是。

"我们周末去波斯格打高尔夫，你去吗？"贝德罗问。

"我还有事。"茗涵轻笑了下。

终于把贝德罗等走了，茗涵还是笑了笑说："为了我，你还费不少心去记普里塔的那些事吧？真心感谢你及时挽救不良少女。不，是不良妇女。"

"你怎么就永远不能端正态度呢？"董宾皱着眉头。

这么久没有联系了，费劲地找来她，只是为了教育她吗？也许董宾真是很珍视这友谊。可是，她们从未就任何问题交换过看法。只是董宾说点儿，茗涵听点儿。董宾现在说得多了，茗涵却不肯再听。

七　提香

茗涵走到楼下时，手机响了。

"茗涵，提香的画展你要去看吗？"普里塔热情的声音传来。

"你回来了？"茗涵说，"应聘的事怎么样？"

"成了。"普里塔说，"所以请你看画展呀。"

茗涵有些犹豫："我不在家。"

电话那端哈哈笑起来："你是不在家，可快到家了。"

茗涵四顾，没有普里塔的影子。正琢磨是否再打个电话，却突然被普里塔从身后抱住了。

"放开，放开。"茗涵叫。普里塔慢慢放了她。

"怎么去这么长时间？"茗涵问。

普里塔漂亮的细眉毛挑了挑说："想我了吧？"

"想你了？我是觉得清静了。"

"那不就是想了嘛。"普里塔说，"我在巴塞罗那认识个人。是西班牙最大的汽车救援协会的，我跟他参加了Ｆ１大赛。"

"又有新火花了？"

"哪里？臭男人，我才不为他们亮火花呢，我就是利用他们。"

"这点事也值得？"

"喜欢 F 1 嘛。"

两人进了屋。普里塔拿出个漂亮的大纸袋："喏，给你的。"

茗涵接过。

"不是跳蚤市场的货，是从狄亚格纳区，著名服装设计师开的精品店为你买的。"普里塔看着她，解释说。

茗涵笑："我说什么了？"

普里塔嘟着小嘴："怕你觉得我没有钱，给你买摊儿上的烂货。"

茗涵把纸袋打开，把裙子拿出来："这么露我怎么穿呀？"

"露哪里了？"

"露腿。"

"我的上帝大哥。"普里塔假装昏过去，"穿裙子不露腿？"

"我从来不穿裙子。"

"注意到了，所以才给你买裙子。"

"我只穿黑色和白色。"

"注意到了，所以才给你买这彩色的。"普里塔说，"我就不明白，那么漂亮的身体藏起来干吗？"

"不穿裙子，不穿彩色的，我觉得在人群中是安全的。"茗涵说，然后低声自语，"那人，从未注意到我不穿裙子。"

绿色的连衣裙，下身是麻质的。上身胸部一段是麻，其它地方是纱。麻和纱不是一样的绿，却搭配得极其美妙。

"这样的裙子只好你穿了。"茗涵把裙子翻过来，后背露得也不少。

"是照你身材买的，你穿着要不合适，这设计师我就不做了。"普里塔说，偏要茗涵换上。

茗涵推脱了一会儿，拗不过，只好换上。

"怎么样？怎么样？"普里塔兴奋得手舞足蹈。

茗涵去卧室照了照镜子："这是谁呀？"

"怎么样？都不认识自己了吧？真的，真的，光彩照人。"

"看你那样，觉得裙子好像是你设计的。"

"并不比我设计得更好。我那'木门'一款，最受服装公司的青睐。以后我有料子，一定专为你设计，保证全球没有第二个人穿。"

"那在人群中多不安全，完全违背了我的初衷。"

"我就不明白在人群中有什么不安全的。"普里塔说，"你在欧洲呆的时间也不短，怎么穿衣服就这么保守？！"

"这跟欧洲不欧洲的没关系。中国穿吊带背心的女孩满大街都是。还有穿着肚兜就跑出来的呢。这只是我一个人的问题。"稍停，茗涵说："习惯问题。"

"这就好改咯。"

"因为是习惯，所以不好改。"茗涵说，"行了，我换下来了。"

"穿着它看画展吧。"

"那我还能看好画展吗？"

两人又争执又互相劝说，最后决定茗涵先在屋里穿，等习惯了，再出门。

"说穿了，就是你心里做怪。满大街人来人往的，谁注意谁呀？"普里塔说着，把两手做成喇叭状，大喊，"注意了，注意了。只穿黑白两色，不穿裙子的人，今天第一次穿上彩色裙子。她走过来了！走过来了！"喊完即跑。

"我让你乱喊！"茗涵随后便追。

两人追打着，穿过客厅，滚到茗涵的床上。

"你还乱不乱叫？"茗涵问，她上半身欠着，巴掌举在空中。

"那又怎么着？"她身下的普里塔挑衅地问。

"那我可就打你了。"茗涵说，落下去的巴掌结果成了咯吱她。

普里塔笑着，扭成一团。

"我让你乱喊乱叫。"茗涵左一下右一下地弄痒她。

突然，普里塔不乱滚乱扭了。她那清澈的蓝眼睛定定地望着茗涵，有什么在她们之间闪了一下。茗涵有些不自然地起身了，普里塔随后也起来，整理整理有些乱的头发。"真的，你自己不露马脚，就没有人能看出来什么。"她说，"我第一次登T台，没有人知道我是第一次。"

茗涵走到客厅的沙发上坐下："说起你也真笑死人，普通人高，就想去当顶级名模。"

"我这样的身材在模特儿中算是侏儒，但我有自己的优势。"普里塔在她左边坐下，"你看现在瓦妮莎·罗伦佐不是验证了这点嘛。她比我还矮一公分呢。"

"那是奇迹。"

"你怎么知道奇迹不会发生在自己身上？"

"会发生在你身上，行了吧？"茗涵说，"你要去巴塞罗那工作，也得有几件像样的衣服。我们去世拉挪大道和哥雅大道附近为你选一些。"

"我原来正经也有不少好衣服，可都过时了。现在是我的倒霉期，我的机会就要来了。"

茗涵笑着看着她。

"只是，"普里塔犹豫了一下说，"总花你的钱，我觉得不好意思。我以后挣了钱，一定给你花。"

茗涵笑："给你花我愿意呀，这是谁也管不着，没有办法的事。"

"你为什么对我那么好呢？"

"我也不想对你这么好，可不由自主呀。"

普里塔白了她一眼，扭过身子问："刚才你说的那人，是谁呀？"

"什么那人？"

"就是从来注意不到你不穿裙子的人。"普里塔说，"你不高兴的话，就不说。我不愿意让你做你不高兴的事。"

茗涵看了她一眼，长出了口气："能是谁？内德呗。"

"他对你好吗？"普里塔谨慎地问，把垫在屁股底下的右腿慢慢拿到沙发下。

茗涵在沙发上抱着双膝，眼光仿佛从这里走了出去："我以前没跟你说真话：内德根本不是气定意闲的样子。他总是急急的，好似要把身体里的每个细胞都发挥起作用，他不是那种瞎急，是很有效率的急。他要处理的事情实在是多，对那近乎极限般的工作，他却有爱般的容忍，也为此感到自豪。那些工作，好似从来没有要完的样子，一个走了，马上紧跟着另一个。有时，半夜，它通过电话就过来了，他从不抱怨，他接受挑战，不怕考验，也相当顽强。

"冷淡、刻板的工作，让他的面容，他整个人也冷淡、刻板起来。它是那么顽固，谁的精神或肉体都不能冲破它。他像对待工作一样对待夫妻之间的那事。他的职位越来越高，他的时间越来越少。他放弃了那事，'我们都不是一般人，我们注重精神的交流胜过肉体（他只是这么说，我们从未进行过精神上的交流）。我们是否可以尝试无性婚姻？'有天晚上他突然说，我的自尊容不得一点点的侵犯。我没有犹豫地说可以。那晚，我一直在客厅的台灯下看书，他看起来好像有很多事情要处理。'你先睡吧。'他有些试探性地说。我的回答比他想要的更彻底，'要么，你在书房睡吧。'我们都很高兴。我们的生活和以往并没有太多的不同。偶尔仍然一同出去；几乎不交流。他的一个朋友，对男女之事很敏感，有着警犬般的鼻子。明知他出差了，半夜却打来电话找他。从那时开始，我学会包裹起自己的生活，不让人看到。

"他很高，很英俊，更是很有才能。他是个杰出的人，但他的生活实在平庸。

"伴随着疯狂的工作，他一直过着规律、审慎的生活。他突然和我结婚出乎很多人的意外。他们以为我和他认识很久，他们不了解他，他从不把私生活的一丝一毫暴露出来。他也没有私生活。虽然他有坚定的道德。'你们认识多久了？怎么认识的？'刚结婚时，他的朋友问过我。我一笑置之。其实，我们认识不到三个月就结婚了。不知他对这仓促的决定后悔没有，他没提过。我想也许是他的生活太刻板了，需要些出格、新鲜的元素。

"从少年时代，他就想努力把自己同众人区分开来，他确实鹤立鸡群。可是，最后他看到，他和别人并没太大的区别。这使他不安。跟阿伦相反，他克制自己的兴趣，不让自己在享乐中麻痹。这些当然不是他自己说的，是他母亲分析给我的。那个我只见过一面的女人非常优秀，我们却没有缘分做朋友。她不住伦敦。

"后来，内德的身体也厌倦了，安宁下来，无动于衷了。他花钱不再有任何快感了。这也是为什么他大把给我钱的原因。当然，我们都是刷卡。我拿着他的附卡，把它插到世界各地，那窄窄的冰凉的小嘴里。

"16世纪的威尼斯，首富之都；禁欲主义的大门被发达起来的商业贵族们悄悄打开。被中世纪的思想禁锢了太久的人们，回到现实的生活里，发现其乐无穷。狂欢尽饮，及时行乐。威尼斯画派在推进新艺术审美的同时，暗合了民众的这种价值取向。"茗涵说，她和普里塔站在《酒神的狂欢》前。

"在海边的花园别墅里，白天勤勤恳恳地作画，夜晚彻夜宴饮。活到99岁，画了五百多幅画，一生丰盛华美，在艺术和生活两方面左右逢源，我想提香可真是大师。"普里塔感慨。

"我觉得你挺像提香的画：丰富而精妙，大胆却和谐，奔放无羁而又热情动人。"茗涵说。她们慢慢来到《乌比诺的维纳斯》前，茗涵微微摇着头说："这种性感，几乎可以触摸。真是视觉上的直接诱惑。"

"我这么躺着，会诱惑你吗？"普里塔突然问。

茗涵把头向她这边扭了下，笑着说："那你试试？"

"我发现一点。"普里塔说，"你看在《乌比诺的维纳斯》中、在《天上和人间的爱》中，神都赤裸着，而人都穿着华服。"

茗涵沉吟了片刻："那是因为神是自由的，人是被束缚的。"

"我要画，就让神都穿上衣服，让人赤裸。"

"现在的人够赤裸的了。"茗涵说，"应该有人重画一幅《酒神的狂欢》。看五百年后，人们的放纵狂欢到了什么地步。及时行乐，已经是被越来越多人接受的生存哲学。"

普里塔吹了声口哨，旁边有个中年男人回头看了眼她。

"那则逸事你知道吗？在一次醉酒后，提香和乔尔乔内双双被开除出乔凡尼·贝里尼的画室。15岁的提香吓哭了，而大一岁的乔尔乔内则满不在乎地说'我们终于有机会摆脱老东西了。'我最喜欢这个。我16岁时也敢这么说、这么做。"

茗涵看着她，浅浅笑了笑："对比提香，我更喜欢乔尔乔内。那是最有激情的大师，他比其他画家更完整地囊括了威尼斯画派的精神。我也更喜欢他的个性。我知道自己做不到，所以越发欣赏他激情式的自由、放任。"茗涵把目光从眼前的画上转移开去，"他爱上个女人，不顾她的鼠疫。很快被染上，命丧黄泉。时年34岁，他迎来自己辉煌的爱情和死亡。"

八　只爱城市不爱人

　　上午9点的阳光照着彩绘玻璃，把它们彩色的影子投在地上、高大的圆柱上。一个老年修女蹬在梯子上，用掸子小心翼翼地掸耶稣受难像。下面，一个年轻修女扶着梯子，微微地心不在焉。巨大的管风琴静静的，教堂里也静静的，只有三五个人迈着步子轻轻地慢慢地走着，穿过右边的门出来。旁边的一间屋子里，一个老男人在办公。院子里停着几辆车。出了大黑铁门，就出了阿尔穆德纳大教堂。

　　皇宫已经开始迎候她的第一批客人。马德里属高原气候，早晚都有些凉。虽是八月末，早已有人穿了毛衣。在导游的讲解下，他们在灰色的石板路上慢下脚步。问讯处今天换成了两个女人。西班牙的女人个个活色生鲜。紫色的小花静静地落在草坡上，摇下它们的风早已跑过，落下它们的树秀丽地站着。东方广场上，穿着彩色衣服的清扫工在把草坪上的落叶扫归到一起；溜狗的老太太互相打着招呼，各自的狗颠颠地跑开，在沙土地的绿树坪旁东嗅西嗅。

　　茗涵走到了歌剧院站。伊沙贝拉二世的雕像下，无家可归者还在睡觉。不知这些人，是怎么失去家的，亦或从来就没有过？长椅上，穷困的旅行者也在睡觉。人们走来走去，是为什么呢？在世界各地走过，有什么感觉？厌世。那是阿伦说的。

尼古拉斯小街。上坡，光滑的青石路。从这里可望见皇宫的一角。阿尔穆德纳小街上，那个背对着街道的铜雕像，让人总想停下来去看看他的正脸。

在Traviata咖啡馆里吃过早餐，茗涵又接着走到了圣·多明戈广场。又向西北，走到了西班牙广场。

在大师静穆的大理石雕像下，堂吉诃德和桑丘就像《堂吉诃德》里的样子，神气活现，可笑可爱。他们面前是一池水，临水自照，他们也看不清自己。那些看不清自己的人，也是幸福的呵。

茗涵在长椅上坐下来。来马德里前，她只知道《堂吉诃德》；只知道斗牛；只知道西班牙女郎有如火般的热情。来马德里前，她只会说"这里"、"那里"。而今，她熟悉了马德里，却准备离开了。像她走过的很多城市一样，这个城市很美好，却没有给她特别的经历。但为什么会有微微的恍惚和迷醉呢？她有些不解。从背包里拿出机票，她凝视着它，感到浓浓的什么冲破了她的平静，她一惯示人的那面。把机票收起来，把手机拿出来。香槟色的手机被她握了好一会儿，把手机的翻盖打开，又扣上。

欧塔梅迪兄弟设计的马德里塔楼，现在看来没有任何特别之处。但在50年代，它却是规模相当罕见的建筑。这世界，东西过时得太快，越来越快。

她还是把手机的翻盖打开了，很急地按了几个号码后发送出去，仿佛怕自己会突然改变心意。

"茗涵！"普里塔带着力量的美妙声音传过来，像见面时的拥抱。

"黄昏时你有时间吗？"茗涵问。

"有。"普里塔说，"我正要给你打电话呢，我明天就要去巴塞罗那了。"

"那，我们在西方公园见面好吗？7点。"

"好。"

茗涵本想去圣安东尼奥的小教堂再看看哥雅的天花板壁画；去王立苦修道院看看卢本斯所作的那幅壁饰口帷。因为心情一时纷杂都放弃了。她回到家里，把手机定时，便去睡了。心绪一时难平，迷迷瞪瞪的，好像也没有睡着。

"每年六月，我都来这里看曼萨莱斯河畔的玫瑰。"普里塔说。

茗涵看着她淡淡地笑笑。

山坡下，左边，可以看到皇宫；右边，绿树丛中，一片红房子。她们在梧桐树下的长椅上坐了会儿，然后又起身慢慢散步。草坪随坡起伏，上面滚着亲热的情人。西班牙的情人比法国的还热烈，常常走着走着，便停下亲吻。一时半会儿还结束不了，即便是在交通路口。

"我的男朋友，都是各行业里的顶尖人物。但说真的，我从未崇拜过他们之中的哪一个。"普里塔说。

茗涵轻轻笑了笑。

她们走着下坡。矮矮的绿色植物长在石头中间。

她们乘缆车到对面的维沃若斯山地。

"我就在河的东岸出生长大。"普里塔指着曼萨莱斯河说，"那时河水清洁，我妈妈就在河里洗衣服。你看那个小红房子，就是我家。"她尽力所指，茗涵尽力去看。

"什么时候带你去我家看看。"普里塔说，"我已经有两年没有回去了，虽然我就住在马德里。"

落日最初的灿烂照着缆车。照着马德里的红房子、绿地，茗涵足迹遍布的每处；照着曼萨莱斯河，映照过普里塔童年时光的悠悠流水；照着维沃若斯山地，知道普里塔的哥哥去了何处，却不肯透露一点秘密的无情者。下了缆车，看不到对面的维沃若斯山地了。落日的灿烂却有更美丽的演变，蓝紫色的云，满天幻化。马德里令人心醉的落日，茗涵每天可以从窗口望到的落日。

9点的时候，太阳落下了。

她们出了公园，在蓝静的暮色中。路边，私人侦探的白牌子一闪而过。

"我去巴塞罗那你会想我吗？"普里塔说，"我会在那里努力工作的，争取3个月后在马德里成立个分部。到时我们就会像现在这样常常见面。一起聊天、逛街、吃饭、溜公园、看画展。哎呀，我好几年都没有这么开心过了。"

"你到了那里好好工作，不用想什么成立分部的事。这哪是那么简单的？你也不小了，要做自己力所能及的事。别再耽误时间和精力了。"

"这些话从来没有人对我说过，你真好！"普里塔说着，拉起茗涵的手。

茗涵凉凉的手被普里塔暖暖的手握着，那让她微微恍惚和迷醉的究竟是什么呢？

"你也要自己多保重。"茗涵说，"我也要走了。"

"你走了？去哪里？"普里塔快乐的目光直视前方，她把和茗涵拉在一起的手高高地扬向空中，再落下，像个孩子似的。

"去哪里无所谓，只是离开马德里。"茗涵说。气息微弱，好像都没有力量成为句子。语气也过于平淡，似乎没有任何色彩，好像只是句子结尾处的一个句号。

"什么时候回来？"普里塔把和茗涵拉在一起的手高高地扬向空中，再落下，像个孩子似的。

"不再回来。"

"什么意思？"普里塔突然停下脚步，把身子扭向茗涵这边。她们的手臂从空中慌乱地落下。

"不再回来，就是再不回来。"茗涵说，"我明天离开这里，你明天也离开。我们还真挺合拍。"

"等等，等等，你先别说那么多。"普里塔拍着自己的脑袋，"我还是不明白你的再不回来是什么意思。"她走出两步，又突然返身，"是不是我去巴塞罗那让你不高兴了？我可以不去。我可以再找别的工作。你知道，我会很多东西。起码，我还可以做蛋糕呢。"

"跟你去巴塞罗那有什么关系？你去那么好的公司做设计师，我很高兴。"

"那发生了什么事？你快告诉我！"

"什么也没有发生呀。"

"那你为什么要走？"普里塔说，"这么突然，我一点准备都没有。"

"你要准备什么？"茗涵笑。

"你有没有良心？说来就来，说走就走，还说准备什么？"普里塔望着她，很无辜地说，"我以后自立，再不花你的钱了。你应该看到我的努力。而且，我马上就快做到了。"

"你说的是什么话呀？"茗涵拍拍她的肩膀。

"那是为什么？究竟为什么呀？"

"不为什么。"茗涵长出了一口气说，"到达，离开，这就是我的生活。"

普里塔望着她，什么也没有说。

"我想你明白了。"茗涵说。

"我是明白了！"普里塔突然叫起来，"可是，你为什么不早说？我是在阿伦家，不是在大马路上认识你的。而且，你也不是住酒店。你还在这里上学！"

"你别叫。"茗涵抓住普里塔的双臂，稍倾放下，"天下没有不散的宴席。"

普里塔什么也不说，就那么看着她。

"只是，我们相聚的时间短了一些。"茗涵轻轻说。

普里塔什么也不说，就那么看着她。

暮色中，一丝风微弱地吹拂过来。茗涵望了会儿远处，然后说："马德里之前，我去过很多城市。我想马德里之后，我也会去很多城市。我在一个城市只呆三个月。第一周，我住在酒店里，像旅行者那样，拿着地图，找书上的风景；然后，我找当地居民的房子，去他们吃饭的地方吃饭，去他们买菜的地方买菜。我像这个城市的市民一样生活；3个月到了后，我就离开。"

"要是你爱上这个城市的谁呢？"普里塔忍不住问。

"五年了，我没有爱上任何一个男人。我只是爱上一个又一个城市，然后再抛弃它。一个个城市，在我探寻的目光里渐渐跟我熟悉，渐渐被我爱上。然后，我离开。我在告别的悲伤中感到被刺痛的温暖。飞机或火车停靠在我选择的下一站，我就把从前的全部忘掉。我从来不两次踏入一个城市，不管这个城市给过我难以忘怀的什么，永别一个城市的感受和永别恋人没什么不同。但是，你忘记它的能力也同样惊人。"

"那也简单。"普里塔说，"你下一站去巴塞罗那好了。"

"那不是我的下一站。而且，我也不习惯和别人一起出发。"

"可是，我认识你并不到三个月呀。"

"我不是认识一个人三个月后离开，我是认识一个城市三个月后离开。"

"如果你是个旅行者，我不会让自己……我不会和你有这么深的交往。"

"你就当我在这里任职，时间一到便离开。"

"那不同。任职是不以你的意志为转移的，而眼下这件事，你说了算。"

"我为什么不停地走？就因为我说了不算。"

"那谁说了算？"

"我脑子里……别的东西。"

普里塔呼呼地喘气。

"这值得生气吗？来，来，给你讲讲我旅行中好玩的事。"茗涵拉起普里塔的手，"我会英语和法语，我在从前的城市都畅通无阻。直到在威尼斯，我遇到了障碍。我本来准备乘晚8点37分的车去米兰。可等到8点半，站台上只有三个人。当然，车也没来。一直在广播着什么，可我们都听不懂。那两个男人中的一个问我：'去米兰的车是不是在这个站台？'我说：'应该是吧。'坐在我旁边的他，后来站起来了，吓了我一跳。他能有两米高，我对他充满了同情，我对超乎普通的东西都充满了同情。我们去问讯处。原来8点37分的车只有星期天才有。"

"然后，你和那男人相爱了？"普里塔微微斜着眼问。

"看你整天都想什么？我说过，五年来，我没有爱上任何一个男人。"

"那车没有了你怎么办呢？"

"10点47去 Nizza 的车也到米兰。"

普里塔不屑一顾："我没觉得这故事有哪里好玩。"

"其实也不是什么好玩的事，只是我经历过的一件小事。"茗涵说，"那之后，我开始学意大利语。一门语言，我只要两个月就可以精通。我知道字母间神秘的关联，在一个单词中，它们那种必然的排列，前人规定下来的排列，我一眼就能看到。我的记忆力也惊人。但是，我的思维不知在哪里出了问题。我看不到事物之间的联系，那种逻辑联系，那种一加三必然为四的简单结果。说到底，我看不清人。我们中国有句话叫：吃一堑长一智。我是吃二三堑也不长零点一的智。简直是跟从前一样的事情，别人可以清楚看到结局的，我只能看到开头，它显露出来的部分。那些不知道我有专业才能的人，还以为我弱智。我看过心理医生。没什么结论。在一次打击后，我还得了梦游症。"

"你是梦游到马德里的？你现在是否还在梦游的状态？"普里塔且信且疑。

"只是偶尔梦游，大部分时间我还是清醒的。我的梦也很奇怪。有时，我清楚地知道自己是在梦中，我甚至知道自己快说梦话了。然后，我的意志挣脱梦境，把我真正想说的说了出去。'我要出去旅行了，你们别找我，也别担心。'知道我母亲站在我床前，我清晰地说。我不是醒着，我能保证自己是在梦中。把这信息传达出去后，我没有跟他们打招呼，径直出发了。他们牵挂，但也是空空的牵挂。在迷迷糊糊中，我把自己嫁给了一个好男人。我们没能很好地生活在一起，我又选择了旅行。我在一个城市居住三个月，然后离开。我也会在一年之中，回到那男人身边一次。

在离家一年半后，我还会回父母家一次。父母惊异，好像我死而复活一般。但什么事情，一旦离开了，都回不到原来的轨迹。他们生活中最重要的东西，变得不那么重要了。"

"是不是准备离开了，你才终于决定和我说真话？"

"你也可以这么理解，我从未和你之外的任何人说过心里话。可能因你是个外国人，和我生活无关有些关系。"

"和你生活无关？你说话够残酷的。"

"我的生活就是到达和离开，我其实和所有东西——起码是固定的东西——联系都是微弱的。"

"是不是你对我不满意才决定走的？"

"怎么谈上了这个？我跟你解释了，这一切都是我的行为，和任何人任何事没有关系。或者，你忘记我说过的那些话吧。它不会比你忘记一个人更困难，我觉得你有这方面的天才。"她看了普里塔一眼，又马上把眼光转移开去，"你明天几点的车？"

"我不走了。"

"你不走了？"

"你都要走了，我还去什么巴塞罗那呀？"

"我走了，你去那里不正好嘛。"

"重新来过的机会能有多少？我现在不挽留你，去哪里才能找到你？"普里塔伤感的语气突然转变过来，"你其实已经违规了，你说你从来不两次踏入一个城市，不管这个城市给了你难以忘怀的什么。但事实上，你已经是第二次踏入马德里了。"

"第二次？"

"我们从突尼斯回到马德里。我想这个记忆你还是该有的。"

"这是特例。我是陪你去找人了。"

普里塔的嘴角闪出了微笑："还有，你说你在一个城市要住三个月才离开。因为去突尼斯，你在马德里还未满三个月吧？"

"这是我自己的事。"

"虽说这个规矩是你给自己定的，但既然这么多年你一直遵守，如此强调，你就该遵守才是。如果你想让我尊重你，你必须住满三个月才能走。如果你不在意我的尊重，那我……"

"怎么着？"

"我就强行把你留下。"

"我做好了离开马德里的准备；留下来，我不知自己该干什么了。"

"平时干什么现在还干什么。"

"平时那是有指向的生活，现在没有了意义。"

"什么叫没有意义？只要生活着，就有意义。"

"行，"茗涵说，"我看重你对我的尊重，所以我决定呆满三个月再走。我们都各自回家休息吧，明早我给你电话。"

"那不行。"普里塔说，"我怕你会溜掉。"

"不会的，我保证。"

"我相信你的保证。但是，我还得跟你去才更放心。"

茗涵千说万说，普里塔就是不干。无奈，茗涵只好同意。两个人在街上简单吃了饭，遂返回茗涵的住处。

第二天一早起来，茗涵发现普里塔在客厅的沙发上睡着呢。她抱着肩，蜷缩在双人沙发上，熟睡中有微微不安的神色。茗涵心中泛起一丝柔情，她回屋把那条柔蓝色的毛巾被拿来，轻轻地给她盖上，便在她左边的单人沙发上坐下来。茶几上的烟灰缸里拧灭着8支烟蒂。那其实不是烟灰缸，茗涵平时装橄榄的小碟子，她擅自就当成了烟灰缸；她自己找出榨汁机；不和茗涵说一声就用茗涵的口红；端起茗涵的茶杯就喝……没有和任何人亲密生活过的茗涵，却对她的随意没有丝毫反感。

茗涵向空中轻轻吸了吸鼻子，那些烟味已经被夜消化得差不多了。

茗涵感觉全身困乏。她打了个哈欠，双腿弯曲，上了沙发。她的双腿向右边伸着，上身向左枕着沙发。本想这么躺一会儿，不想也睡着了。

茗涵醒来时，蹲在她面前的普里塔站起来。

"昨晚你睡客厅？"茗涵睁着惺忪的眼睛，"怎么不回自己屋睡？"

"看着你，怕你半夜跑了。"普里塔说，还是有些赌气的意味。从茶几上的烟盒里抽出一支烟，点上，"你怎么也在这里睡了？"

"我没睡，我只是呆会儿。"

普里塔把从茗涵身上滑下的毛巾被往上拉拉。

茗涵把毛巾被掀开，眉头微微皱着，把双腿慢慢放到鞋上。

"腿麻了吧，我给你揉揉。"普里塔说，把烟辗灭。

"没事。"茗涵想躲开。

"什么没事。"普里塔纤巧却有力的手已经按在了她的腿上。

"明天去巴塞罗那吧，这样的机会争取来也不容易。"

"我刚才电话已经辞掉了。"普里塔没有表情地说。

"你疯了？"茗涵抓住她双臂。

普里塔轻轻挣脱，站了起来。她就那么定定地有些怨恨地看着茗涵。

"这又何必？"茗涵忍不住道，稍倾她说，"我也许会去看你的。"

"你根本不会！我知道，你一但离开，就会消失的。再不会出现，我知道。"

"你怎么断定我不会去呢？马德里离那里又不远。"

"这和远近没有关系。"普里塔的手胡乱在空中摆了摆，"巴塞罗那对你来说是不远，但对我是远的。我没有钱，我只能坐火车回来看你，要一夜时间。一夜时间，你早跑了。"

茗涵忍不住笑起来："要跑，一分钟就会跑掉的。"

"一分钟和一夜是没有本质的区别，但是感觉上不一样。"

"好了好了。我这不是留下了嘛。"茗涵开始哄她。

"一周的时间转瞬即过。"

"那还想怎么着？咱俩生活一辈子？你也经历过不少的人和事，怎么还这么幼稚？"

"你不是觉得我从前的交往太杂太滥就看不起我了？"

"你看，你都成天瞎想什么呀？"茗涵下了决心般地说，"因为你，我把马德里再当成另外一个城市。"

"你什么意思直接说吧，我脑子现在根本不好使。"

"我看你脑袋一直就不好使。"茗涵说，"把马德里当成另外一个城市，就是准备再在这里呆三个月啦。"

普里塔的脸还绷着:"为什么偏得要一个理由呢? 就继续呆在这里怎么了? 就为我呆在这里怎么了? "

"其实,还不是为你留下来的? "

普里塔的脸上绽放出笑容,她半捂着嘴,用含笑的眼睛扫着茗涵。

•

九　梦游的开始

　　茗涵出来应门时吓了一跳：普里塔化了舞台妆，像个真正的弗拉门戈舞演员一样，把头发向后梳成光滑的发髻，穿着艳丽的多层饰边的裙子。

　　"不会是弗拉门戈舞蹈节到了吧？"茗涵笑着说。

　　"嗨，还想让你猜猜我跳的是什么呢，这一见面就说了出来。"普里塔有些扫兴地说。

　　茗涵拍了拍她肩膀，飞扬一笑。

　　"本想为你特办场歌舞晚会，可是……"普里塔预言又止。

　　"可是什么？"

　　"没什么。"

　　"这么正式地过来，"茗涵说，"我是不是也得……"

　　"你不用动。"普里塔打断她说，"这里的客厅足够当舞台，我清楚的。"就把拿来的唱片放到窗边的音响中。

　　普里塔真是天生适合做演员，吉他声一起，她的情绪就出来了。弗拉门戈舞是需要有专门一人来伴唱的，现在，跳着舞的普里塔把这个也兼过来了。本来，脚跟迅速地雨点般地击地和上身及手臂的舒缓就不易协调，眼下还得自己伴唱。茗涵真为此佩服了半天，想：她可真是天生的一心能多用。

这舞姿也颇如普里塔的个性：奔放优美又傲慢，拥有的欣喜，失去的绝望；那抒发激情的腰肢，那奋争呼喊的手臂，源自吉普赛的弗拉门戈舞确实是人性毫无保留的表演，被普里塔演绎得确如人生般精彩和丰富。

吉他声奔急多变，普里塔的舞步也刹时加速，如万马奔腾。随着音响中吉他手最后的一弹，普里塔亮出优美的造型。停止得总是那么突然的弗拉门戈舞，确像一个嘎然而止的结局。

"非常精彩。"茗涵诚恳地说，"要是你不身兼两职，还会更精彩。"

"还说呢。"普里塔说，"我本来是请了专业的吉他手、伴唱和男舞蹈演员的，可一个饭店突然来了一批客人，想看弗拉门戈舞，他们就把我涮了。"

"那你可以改天呀。"

"改天？那还是你的生日吗？"

"谢谢。"茗涵缓缓地说。她本准备以淡漠流水的无意度过这个平淡的日子，却不想普里塔为她带来这么特别的礼物。但她按耐住心中的感激，她说："弗拉门戈舞的舞蹈演员都是从小就接受训练，18岁左右技艺娴熟。但年轻的演员往往并不受欢迎，成为弗拉门戈舞蹈家往往是30岁之后。"茗涵望着普里塔说，"我今天终于领悟到这点。因为，她会把复杂的感情，人生的体验统统演绎出来。"

"别跟我提30岁。"普里塔说，"基本上我会忘记自己的年龄，我总以为我是25岁。"

"你18岁。"

"演出接着进行。"普里塔说，就又换了服装。

"知道这个吗？"演出完毕，普里塔歪着头，稍稍有些卖弄地问。

"这种歌舞是哥伦比亚的芭西略，颇受西班牙欧洲文化的影响，有人形容它'具有圆舞曲的雍容华贵，加沃特的轻盈纤巧和小步舞曲的娴静大方'。"

"没劲，没劲。"普里塔挥着手，兴致杳然地坐下，"人家一开口说什么，她马上就知道。跟这样的人在一起，也挺没劲的。"

"觉得没劲了吧？"茗涵玩笑道。

普里塔有些怨恨地看了她一眼："是怕你觉得没劲，好不容易想出个花招逗你开心，结果你根本不觉得稀奇。"

"哎哟，我的塔塔。"茗涵说，"你是觉得我对你的所唱所跳有所懂得，有所领会好；还是觉得我懵懵懂懂，茫然无知好呢？就像你说的话，你说了，我听了，却什么也没懂。那交流还何从谈起？"

"你这么一说我就放心了。"普里塔说，"我原来也是聪明人，怎么一和你交往就弱智起来？"

"你的状态有些错了。"茗涵说，"女人恋爱了才变傻，你现在也没恋爱，你瞎傻什么呀？"

"我……"普里塔预言又罢。她看了眼茗涵，眼光很快转开。

"中国古时候，有个叫伯牙的人，擅长弹琴；有个叫钟子期的，擅长听琴。伯牙刚刚弹上，钟子期便说：'真是妙啊，我觉得巍巍泰山就在眼前。'伯牙又弹，钟子期又说：'我感觉碧水淙淙从我身边流过。'这就是高山流水的传说。在中国，高山流水是知音、知己的代名词。"

"高山？流水？"普里塔不屑一顾地说，"其实也很泛泛嘛。来了另一个也能听出点说出点什么。"

"泛泛？"茗涵说，"那我给你仔细讲讲。伯牙起首二、三段叠弹，钟

子期说：'山泉滴沥，溪流婉转，响彻空山。'伯牙弹到四、五两段，钟子期说：'幽泉出山，在风中涌动，波涛起了，浪中好像有蛟龙怒吼。'伯牙弹到六段，钟子期说：'息心静听，如同身在危舟，经过巫峡，情绪激荡，心被震撼。如同处身于群山奔腾、万水汹涌的时刻。'伯牙弹到七、八、九段，钟子期说：'轻舟已经过了，顺水荡漾，偶尔还有余波激打着石头，水面漩涡轻轻回旋，这丰富的音乐，像远久前就已消失的调子。'"

普里塔的脸上满是崇拜的神色："一个人真的会对另一个人的音乐有这样的体会？"

茗涵笑了笑："刚才给你说的《流水》意境，是张孔山的弟子欧阳书唐于《天闻阁琴谱》说的。张孔山是清代川派琴家，他为《流水》增加了许多滚拂手法，号称《七十二滚拂流水》。"

"那伯牙和钟子期后来怎么样了？"

"钟子期死了，伯牙终身不再弹琴。"

普里塔遗憾地摇摇头："这个故事我不知道。我在中国倒看过一个著名的爱情故事，古时候的。"

"梁山伯与祝英台吧。"

"好像是这个名字，就是最后化为蝴蝶双双飞走的。"

"那就是了。你觉得怎么样？看到哪里最觉得感动？"

"感动是感动。"普里塔飞快地看了一眼茗涵说，"演到男主角得知那个同窗是女人时，陪我前去的那个女孩激动起来。我问她激动什么。她说：'女主角的身份终于露出来了，他们可以相爱了。'我不知男主角是不是也这么想。女主角是'男人'时，他们也够情投意合的，超出了友谊。真的，你不觉得吗？他俩的友谊超乎寻常。我真没看出男主角更喜欢女主角是个女人。"

"你看的是什么呀？"

"名字我忘了，好像是个香港导演导的。此人还导过两条女蛇和一个男人的故事。那两条女蛇的关系也非同一般。"

"两条女蛇和一个男人的故事。"茗涵说着，岔开普里塔的话，"我喜欢你刚才的歌舞，以小调的形式叙述历史，西班牙的民歌我尤其喜欢。"

慢慢搅着咖啡，普里塔突然说："茗涵，你说五年来没有再爱上任何男人。那五年前，一定是有啦。"

茗涵没有说话。稍倾，她轻轻点了点头。喝了一小口茶，她缓缓地说：我们念大学的90年代初，还跟傻子差不多。没有现在同龄女孩那样的青春之美，对两性之间的事更是一无所知。同学中也有谈恋爱的，但都是地下活动。估计也就是看看电影吃吃饭什么的。要是被学校发现和男孩同居，那就是死路一条。变化来得太快。毕业3年后我参加校庆，一个在校的女生说：'没有同居过，那算什么谈过恋爱？'

"大学毕业前，我跟男孩子真是连手都没有牵过。我相貌一般，生性又不快乐，所以追求我的人就很有限。毕业后，周围的中年妇女倒热心地为我介绍。我的心还是很高傲的，在十二个左右的人中，我只看上了一个。我想女人本质上也是好色的吧，我喜欢那个高高大大的男孩。他没有看上我，'眼睛太小。'他跟介绍人说。

"我想每个人对挫折的感受力、对抗力都是不同的。在别人眼里，我一帆风顺。可在我的内心，那说出'眼睛太小'的男孩，给我的伤害绝不是那四个字所能包含的。为了避免可能会出现的伤害，我找了个各方面都比我差的男孩。在和他交往的过程中，有个年轻的企业家看上了我，但我觉得自己是普通人家的孩子，做着普通的工作；和那样的人交往，即使结婚了，也会受气的。我拒绝了他。

"我那男朋友，长相是中等偏下，父母都是工人。他倒是大学毕业。可那学校，很多中国人都没有听说过，最末流不过，是一所区级走读学校。他在北京一家大商场的机房工作，我们不冷不热，不咸不淡地处着。在我的感觉中，只有漂亮的，聪明的，有钱的，才能有轰轰烈烈的爱情。我等平凡的人，找个平凡的丈夫，结婚生子，重复父母平凡的生活而已。

"这个各方面都一般的男孩，对我还算不错。情人节也会送支玫瑰什么的。我内心虽没什么爱的热浪，倒也觉得安宁平稳。可这男孩想和我做爱，在我们还没有提到结婚之前！我的很多女友在婚前同居。她们的家里也都默认了。可我不敢，也不是不敢，是更复杂的什么。总有人会在社会快速的变化里无所适从。'你他妈不跟我睡觉就别来找我。'有一天，在他提出要求又被拒绝后，他恼怒地喊道。当我听到我和他的关系用'睡觉'总结出来时，我震惊、愤怒、也很伤心。当然，那是我内心的活动，我从不把内心示人。我们分手了。

"半年后我又交往了一个男孩。相处了三个月，就提出和我上床。我几次说不行后，他没有像从前那个人那么暴跳如雷，他松开我，默默吸了一会儿烟。他把吸到一半的烟慢慢拧熄在烟灰缸后问我：'你是不是心理有什么障碍？'我说没有。我只想充分领受一个男人的爱后，再把身体给他。

"我也知道我的想法过于迂腐，可就没有一个男孩肯为爱情等待吗？难道他们和女孩交往的目的就是这个吗？难道中国真的像有人唱的那样'走进了性时代'吗？

"我想要一个男人用他的精神来爱我，我觉得精神上的爱是可信的。

"这个男人终于出现了。

"你去过中国，见过那种居民楼吗？对了，就像你住的公寓。只不过房间不是排列在走廊的两侧，而是一边。走廊的另一边是玻璃窗。我就住在那样的楼里。那栋楼有五个单元。每个单元都有电梯。那栋楼有12层。在5层，8层和10层，整个走廊都是通的。"茗涵的右臂抚在胸口，又伸直开去。

普里塔可爱的小脑袋靠在支起的右臂上。

茗涵的手臂放下："我住在4单元的7层。有天，忘记是什么原因了，可能是4单元的电梯停了吧，我上了一层，去乘3单元的电梯。3单元也停了，我去2单元。就在快到2单元时，我看到了他。他穿着领口和袖口镶灰边的黑色短袖T恤，清白颜色的牛仔裤。我从未见过哪个男孩能把牛仔裤穿得这般清白得令人倾心。我想这和他面容的清爽，他全身的清爽所带给牛仔裤的干净也有关吧。他个子很高，腿很修长。他的脸英美、俊朗，却不是那种空有其表的男人。他会有一些成就，也会把其他成功男人忍不住张扬的东西轻轻掩住。就是这样的一个人吧，一个有良好教养的清雅男人，一个有成就的谦和男人。

"走廊完全可以同时过两个人，可他轻轻地侧身，让我先过。我轻得几乎无声地说'谢谢'，就从他身边过去了。我忍了又忍，没有回头看他。我的眼睛像平时那样安分安宁地平视，但我知道不一样了，那里面有什么在燃烧。走廊里一直浑浑噩噩的阳光，都突然清朗起来。我知道自己的燃烧属于那种没有未来的欣喜。楼里的人，虽然认识的不多，但基本都脸熟，知道是哪一栋楼的。而这个男人，我从未曾见过。我不知叫他男孩还是男人合适。我看不出他的年纪，估计是30左右吧。不管怎么样，平生第一次，我有了那种感觉，恋爱的感觉。

"就像天上的彩虹，现在碰到它的时候很少了，微乎其微。一次就够让人惊喜的了，怎敢奢望它接着再出现一次？生活给了我这个爱的瞬间，我便觉得我的人生终归不再那么虚假了。我知道了我平凡的生活中原本也有华丽绚目的。虽然它是那么短暂的一闪即逝，我怀揣着慌张的幸福，在几天后的走廊又看到了他。这一次，他正从那有着灰色防盗门的32号出来。即使他不住这楼，我也能打听出他住哪里，是谁了。虽然我心里知道，要我的命，我也不会那么做的。囿于方，囿于圆，囿于这社会的种种规范，我们碰到了真爱，也是不敢伸手的。也许这种种规范来源于前人的经验，会使后来者免受伤害？我当时当然没想这么多，我几乎什么都没想，就慌张地沿着楼梯飞快地下到7楼。到了7楼，我都没有明白过来我去8楼是为了什么。

"从那以后，我不再乘4单元的电梯了。我都是上到8楼，小心地经过32号。有时会碰到他，但大多的时候不会。偶尔我比平时晚出门10分钟。我想完了，今天一定是看不到他。可是，跑到8楼，他的身影刚好在走廊里。你能体会那一刻我的感受吗？就像你小时候的圣诞节。早上起来晚了，以为别人把属于你的圣诞礼物拿走了。可是没有，它还安静地呆在那里等着你。看到他的身影，我于是慢下脚步。世界就剩下这条走廊了。

"这被阳光轻轻照耀的走廊，我爱的人正经过的走廊。甚至都不需要他拥我入怀，都不需要我走在他身边。就在身后这么跟随，对我都是何等的幸福！我们就保持那三米左右的距离，不会再远，也没有更近。我的一生都在走向他呀，不分朝暮，不论冬夏。

"有时，我们也会像初次见面那样对面走过。他没有再停下让我先过。我们像其他的陌生人一样淡淡地擦肩而过。在沸腾的心下，我有的却是冷淡的表情。我微微扬着头，听到自己的心像5月枝头那太饱满而终于咧开的石榴一样'喳'的一声。

"春天的一个下午，我又经过32号。那欲开未开的灰色防盗门旁，背对走廊站着的正是他。一定是听出了我的脚步，他停下转动钥匙的右手，扭过头看我。第一次，我没有把目光移开。我们隔着两米的距离，就那么望着。我们的眼睛都把自己的热情狠狠地含着，硬撑着不释放出去。也许仅仅1秒，也许2秒，也许3秒，我们把各自看起来平静的目光收回。我经过他，没有回头。我听到身后的防盗门轻轻被打开，轻轻被合

上。我的泪水顺着面颊滑落下来。好像怕他会再走出那灰色的防盗门似的，我的脸扭向左边，走开。我带着那些幸福的泪水，慢慢走过幽静的楼梯。我站到楼下，转身，头向上仰着。这木呆呆的灰色建筑里，16米左右高的地方，有那么幸福的注视。我又转回身。在我面前的青草地上，一株四月的玉兰开着满树的白花。在还没有长出叶子的树上，它们在北京春天的微风里轻轻摇晃。一个摄影师在拍照，他把长长的黑镜头对着草地上凋落的一朵。

"那之后，再在走廊碰到，我们常常会彼此注视。那是默默的注视，是把情深意浓，把渴望，把等待，把微微的怨忧，把所有的一切都含在默默的凝望里。走廊里有静静的风，有我静悄悄的醉。

"一年两个月又五天过去了，我们一直没有说一句话。

"虽然没有说话，但我们的目光穿透了彼此的心绪。他的动作把他没有用语言来表达的传递给我。那看似漫不经心的转身，那慢下来的脚步，那开门时的迟疑……他的一举一动在我眼里都有了意义。他从32号走到电梯是15秒，开门是7秒。'再多2秒就是等我了。'果然，他比平时多用了2秒。

"莫非他是个比我更被动的人，等着我主动开口？我经常想。9月7日，我过生日。我做了一桌子的菜。买了蛋糕，也买了蜡烛。我想邀请他来为我过生日。我父母去南方旅游去了。'今天是我的生日，你能陪我一起过吗？'我想这样对他说。我自然没有过去请他，我也没有吃饭。我倒是把蜡烛点起来。我看着二十七根蜡烛在我面前，空洞地燃着。

"我知道他会像我爱他一样爱我，像我想他一样想我。我从他的眼里能看出来。既然我们都没有开口，那就说明我们开口的时刻还未来到。我们在梦般美妙的精神世界里曼妙地畅游，让心灵在无语的阳光下绽放

最迷人的芳香。我从未和这般完美的人有这般神交，我想这是生活对我从前枯燥冷淡生活的补偿吧。

"仅因为梦里有他走廊里的身影，我都会幸福半天。我要的就是这样的爱情，我耐心等待这样的爱情破土而出的那天。又一个春天来临的时候，我看见他拉着拉杆行李从那扇灰色的防盗门后出来，是要搬走吗？我会不会永远再见不到他了？我感觉喉咙被谁掐住一般。这时，从他隔壁出来一个提着鸟笼的老头。'出门呀？'老头问。他说：'是啊。去上海。'我的喉咙被松开了。'过几天就回来。'他又补充一句，说罢看了我一眼。那是告别的眼神，我看得出来。我更清楚地知道，那'过几天就回来'，他是故意说给我的。'一路平安。过得开心。等你回来。'我心里默默对他说。

"一个礼拜过去了，我都没有在走廊里见过他。"茗涵说，用两只手捂住鼻子和嘴巴，她黯淡下去的目光盯着这房间不确定的某处，接着，穿透这某处，出去了。

"他在上海出意外了？"塔塔点上香烟，不适合女性的骆驼牌香烟。

茗涵放下手，声音渐渐找到些力气："那样的话，我会爱他一辈子。"她的眼神不知从何处回来了，却仍是黯淡的，"一个礼拜过去了，我都没有在走廊见过他。我担心出了什么事，一边担心，我一边安慰自己：他说的几天没准是10天呢；也可能事情没有办完；也可能被什么绊住了手脚。可是，你爱的人，你总是把他往不好的方面想。也许是太怕他出什么事吧，会不会他在某天夜里回来了，病倒了？因为是一个人，所以周围人都不知道？我想到这点，立刻从床上爬起来。我轻轻地带上我房间的门，轻轻地上了8楼，向2单元，32号走去。我站在那扇灰色的防盗门前，用手安抚着狂跳不止的心。那是我经常站立的地方，我几乎每天经过的地方。我转身向右，向前迈了一步。他平时就站在这个地方，开门，关门。我站在他平时站立的地方，扭头向右，再向左，感觉他看我时的心情。

"不知怎么，没有一点感觉，我的手就放到了门上。我不知道手放到门上要干什么，但它放到了门上。没有扣响那门，没有抚摸那门，它只是在那门上。凉凉的，生硬的门，一点不像他。这只手一动未动，这点我知道。但我感觉出那门在这只手下，一上一下地跳。不再生硬，而是有了弹性；不再冰冷，而是有了温度。也许下一秒就能扣响那门吧，也许下一秒就能从门上撤下来吧。这只完全脱离我思想掌控的右手，就停在那长长的若干时间内，倔强的，不由分说的。2秒，或2分钟后，游走的思想重返我的大脑。因为它必须集中精力，辨听那门后突然出现的动静。"茗涵说着，停下来。

"和你真的心意相通，他知道你站在门外，他出来开门了？"普里塔猜测。

茗涵轻轻哼了下，慢慢摇摇头。仿佛没有这个间歇一样，她的语气又回到刚才："我把手放下，把耳朵贴了上去。这扇完全能锁住他身影的门，却不能锁住他的声音。是的，是的，虽然只有三次在走廊听到他跟别人打招呼，但我知道那是他的声音。如果我听到他喊出的是我的名字，我会含笑让死神立刻把我处决在这门前。不是，那不是我的名字。那也不是其他人的名字。那是一个男人的淫语。接着，是高潮来临时忍不住的喊声。

"令我震惊的是：如此长时间，我都不知那扇门后还有一个女人。那女人后来也发出了声音。在我全部的身心都沉醉于他时，他却和另一个女人深切得接近放荡地沉沦在性里面。也许是我想要个有难度的爱情，高度精神交流的爱情，生活就给我一道这样的难题？你说有这种可能吗？这个男人用精神与我恋爱，他的身体却需要另一个女人来满足？"茗涵问了问题，却没有让普里塔回答的意思，她接着说，"我返身而回。

在有着很好月光的走廊，我看着白衣飘飘的自己，仿佛一个女鬼。我把我家的大门慢慢打开时，正赶上我母亲起夜。看着我穿着睡衣一脸呆然地从门外回来，她惊愕得捂住了嘴巴。她没有和我说话。我轻轻地回到自己屋里，时钟正指着3点。事后，我母亲说我梦游是从那天开始的。

"第二天，我发烧了。我母亲要带我去医院，我说什么都不肯，我也不吃药。我说：'它自己会下去的。'我在床上躺了3天，那个女人能几乎没有声息地在他的屋里存在着？她就从来不下楼，不出门吗？或者，我的心打个冷战：他是因为太爱那女人，就把她囚禁起来了？我感觉又有谁把我的喉咙掐住了：他早就杀了那女人，因而能和她永不离分地生活。我的喉咙从谁的手里挣脱出去，根本不存在一个女人，是我的耳朵出了问题。他只是自语，手淫时的自语。必须弄个清楚。我影子一般的瘦弱身体从床上起来了。我坚实地，一步步走向2单元的32号。

"那灰色的铁门大敞着，围着好些人。我挤过去。一个美丽的年轻女人，低眉顺眼地站在靠阳台的一株龟背竹前；一个面容黄旧的中年妇女，正把一台手提电脑摔向贵妃红色的地板，怀着被伤害后的愤怒。一个事业有成的男人脱不了俗气的包二奶的故事吧？我却惊奇地看到那年轻女人是将自己半架在一只拐上。她左腿的裤管，下半截是空的！这个故事太复杂，远远超出了我的简单。已经有了两个女人，早超出了我想要的意思。我返身而出，我并没有看到他。

"在我朝思暮想的走廊，我朝思夜想的男人，他的爱情，和我一点关系也没有！这个男人，究竟生活在怎么一个我不解、甚至根本看不清的世界里？！我怎么能够了解？怎么能够看清？我甚至不知他是谁，叫什么。但这仍不妨碍我的幻想：这男人会不会把那两个女人都抛开，向我奔来？那基本不可能的事终究没有发生，我为这样的结果庆幸。如果他来了，会更深地毁灭他。我不够坚强，但也不能迁就。那是我给自己的总结。

"我占有走廊里那些幸福心跳的时刻，任何人都拿不走。而那两个女人，不管她们拥有的是多么多，那用细节构成的回忆，最后也终归是回忆。我曼妙的幻想，却因为没有来到现实里，而得以有无限展开的可能。

"他终于出现了。我亲眼看到他的面容在变，在那个我日日夜夜爱着的走廊，在那走廊初秋的脆弱阳光里，他的面容滑向中年。

"他向我微微地笑着。一瞬间，我幡然而醒，似乎意识到那笑容的含意：请为我保密！也可能他的目光把某些东西说了出来，另外的方式表达不了，我但愿。不管怎样，属于他的智慧、优雅；属于我的敏感、脆弱；属于我们沉默而幸福的时光，在灰白的下午，夹着灰白的尾巴逃走了，无影无踪，再不会来。"

"你这种表达爱的方式是够傻的。"普里塔说，她看着茗涵，"会有人喜欢你的美丽，你的大度。但我喜欢你身上那种哀愁。那种清秀的淡淡哀愁，安宁中有神秘的暗影。虽然你来自东方，但你像极了波提切利笔下的女子，那种不曾经事的天真。"

"你才像他笔下的圣母。"茗涵说，"要不是吸入太多的阳光，你的肤色该是象牙白吧。"

普里塔点头，随即笑了："我要是圣母也只是米开朗基罗笔下的圣母。健康、健壮、不需要怜爱。"她看了茗涵一眼，"我更像是菲利普·里皮，连修女都能勾走。"

"我还想和你说点什么。"茗涵的眉头皱了皱，"哦，我想起来了。"她又放慢了语气，"我还记得我第二次梦游的情景。那是个流星雨夜，流安。在那个流星雨夜，我走失了。因为我离城市越来越远，才能把它越看越清。我们又不能完全脱离原来的，现实的生活，我又回来。"

普里塔看着她："我喜欢你的忧伤，就像男人和女人互相吸引一样，忧伤和热烈也会互相吸引。"

两人准备休息时，发现已是夜里2点40分了。

茗涵让普里塔今晚别回去了，普里塔说好。

"你刚才化的是多厚的妆啊，我都没看到你脸上的伤。"普里塔卸完妆后，茗涵把她的脸托住，端详着问，"怎么弄的？"

普里塔的右脸上一大块红肿。

"昨晚我房间……那两盏小破灯突然都坏了……没有光亮,不小心摔的。"普里塔支支吾吾。

"你不是会说谎的人。"

"有人请他们演出,他们马上就把我的事给推了？这不典型的见利忘义吗？我忍了又忍,可还是没管住自己的手脚。"这样爽快的语气才像是普里塔的。

"那也没有这么对一个女孩子的。"茗涵气愤异常。

"他们脸上那叫五彩缤纷。"普里塔笑,"跟他们相比,我这真算卸妆了。"

"你那边的房租交到什么时候？"茗涵突然问。

"什么时候？噢,我一个月一交。"

"要么,"茗涵说,"你搬到这里住吧。"

"跟你同居？真的？"

"真的,可是同居不同床啊。"

十　木乃伊

　　"安东尼奥说你气质绝佳,他有美国抓萨达姆一样的信心拍出不同凡响的作品。"趁着摄影师选景时普里塔在阳台上对茗涵说。

　　"又骂我呢?"安东尼奥过来说。

　　"你脑袋两边支着的是耳朵还是转换器呀?夸你的话听成了骂你?我看我索性别委屈自己的嘴直接骂你算了。"普里塔说,然后换了语气对茗涵说,"他本来准备带化妆造型师的,我说我一个人可以齐活儿。"

　　"知道她本事大,所以我只带个助理就过来了。"安东尼奥往楼下看了两眼说,"下面不错。一会儿我们多拍些外景。一个端庄的东方姑娘在马德里静谧的小街,真比你选的西贝雷斯广场强多了。我觉得我能……"他一时没有找出词,右手的几个指头一转,像开出朵花似的。

　　摄影师的信心马上被泼了冰水,茗涵像一根棍子一样杵在那里。普里塔给她摆了几个动作,她勉强接受了。但还是像棍子,分出叉,或马上就要折掉的棍子。

　　"模特儿在我眼里一直只是材料。我用自己的灵感、技术把他们拍成一流作品。今天我总算意识到了模特儿的重要性,要是模特儿不给你发挥,那还真没办法。"安东尼奥说,"我拍过成百上千的模特。真是头一次遇到这样的,我不明白,这么出色的一个人,怎么一到镜头前就木了呢。还亏得没去西贝雷斯广场了，那还不成了木乃伊表演？"

"他炮筒子直性子，你别介意。"普里塔赶紧打圆场。

茗涵笑了一下："别说木乃伊表演，就是木乃伊木在那儿，西班牙也轮不到你去看呀？"说着，转身进了自己的卧室。

普里塔以为茗涵回屋缓解情绪或换衣服去了，给安东尼奥从厨房端了咖啡后，她进屋看茗涵。好家伙，她开始卸妆了。

普里塔拉住茗涵手臂："他的炮筒子又炸不掉你一块肉。要我，别说躲着这炮筒子，我都要乘着它到达我的 Top 1。"

"拉登要知道有你这样的女弹，早不奈美国了。立马都柱着小棍儿从石头山上下来了。"茗涵没有把普里塔的手拿下去，够着劲接着洗脸。

见茗涵如此，普里塔只好出来。

半个小时后茗涵出来时，摄影师和助理已经走了。普里塔一人在沙发前默默地吸烟。

"对不起。"茗涵走到她身边轻轻说，"我只顾自己的感受，一时忽略了这会让你为难。"说着这话的时候，茗涵突然想起了内德。她是不会这么向内德道歉的，他们也没有冲突的机会。无事也就相安。

普里塔恨恼地白了茗涵一眼，随即却笑了："这小子出口伤人，也就怨不得我们。你放心吧，我把错都怪在他头上了。"

"不好意思。"茗涵又抱歉。突然看到普里塔身边的大相机，"他们走了？"

"这是我向他借的。这吝啬鬼，半天不借呢。"

"相机可是摄影师的心肝宝贝，你借了做什么？"

"我来拍你。"普里塔说，"我突然想到了。你之所以动作僵硬，是因为你在男人面前放不开。我来拍你，那你还不柔情似水流不断？"

"为什么偏得拍照呢？"

"想留住你现在的样子。而且，相机都借来了。"

普里塔如此不计较她的无理，茗涵只好投降了。

"你知道安东尼奥是怎么说你的吗？'我真怀疑那么多优美的动作是从那些女人的手、肩、腰上出来的。她那不也是手、肩、腰吗？怎么死在那里了？'回头让他看看我的作品。他才惊死呢。"第二天拍完照后普里塔说。

这天茗涵回家之初，还以为自己进错了房子。客厅卧室餐厅，都挂满了巨幅照片。小的都有16寸那么大。那个恬静笑着的；那个回眸一笑的；那个傻姑娘一样笑得那么大，笑得那么满足的；那个低首如睡莲的；还有那纯真惊愕的真的是自己吗？

"很少看到你大笑，而且笑得那么出色，所以把她放得最大。放在最显眼的位置。以后不顺心时，看看这个就全忘了。"不知何时站到她身边的普里塔说，"我相信你也不会再有不顺心的日子了，因为我温柔地待你……"

"一下子放大这么多照片，你破产了吧？"茗涵说，"疯了还是怎么着？"

"我觉得只有夜晚的星星，才能有你眼里那么纯真的光辉。"普里塔把茗涵拉到茗涵纯真惊愕的那张照片前。

"它们摘下来时，墙上会留钉子眼儿的，多不美观。"茗涵道。

"摘下来干吗？一直挂着，满眼是你。我喜欢这种感觉。"

"这么大，我自己看着都眼晕。"

"也有小的。"普里塔说，把茗涵领到自己卧房。在书桌上的一本书里，夹着几张7寸，5寸的。

"拿我的照片做书签？"茗涵假装不满。

"书签？我压根就不看书。"

"你就作践我吧。"茗涵拿起从书里掉下的一张小照片说。那照片真是很小，也就大拇指的指甲大。

普里塔没说话，赶紧把茗涵拉到客厅，洋洋自得："普里塔摄影作品展，怎么样？不错吧？"

"不错，不错。"茗涵满脸含笑。看着这么漂亮的自己，哪个女人都会禁不住满心盈喜吧。而且，还有点怪异神秘的感觉。

"相信我的水平了吧？再给你拍套裸体写真怎么样？"

茗涵脸一红："滚一边去！滚到火星上去！"

"又滚回来了。"普里塔用把厚颜无耻进行到底的样子，"要么，你给我照套裸体写真。"

茗涵笑了："那行。只是，写真我照不了，我只能写实。"

"要么，你给我画幅画吧。"

"这个……"茗涵犹豫，"我画风景是上流，画人物可……"

"那就是下流了。你把我画下流了也无妨，我还没见过自己下流的样子。"

十一　车身美女绘

"茗涵，茗涵。"这天早上茗涵还在睡梦中便被普里塔唤醒了。

茗涵用手捂住嘴打了个哈欠："干嘛呀？"

"我刚才到楼下煅炼，突然发现摩托不见了。我报警去。我那摩托怎么也值几个钱呢。"

茗涵拉住她。

"干吗？"

"那摩托是被我卖了。"

"被你卖了？"普里塔吃惊不小。

"你以前还撬我的门呢，现在我卖你车，岂不两讫了？你看，我们一个撬门，一个'偷车'，还够珠联璧合吧？"

"那卖得的钱，算我给你的房租好了。"

"好啊。"茗涵看了一会儿普里塔说。

第二天早上，普里塔进门有些神秘地说："茗涵，我在楼下看到一辆宝马新车。"

"那有什么奇怪的呀？"茗涵不屑一顾。

"这车本身当然不新奇。可它的车身彩绘实在很美。"

"车身绘彩也不新鲜呐。"

"车前盖上绘的是康定斯基的画，恰巧就是我原来墙上的那幅。"

"碰巧车主也喜欢康定斯基吧？你想说明什么？"

"不知道。"普里塔摇头。

茗涵亲昵地把她的头发弄乱："傻丫头。"

黄昏，两人端着杯子在阳台喝咖啡和茶时，普里塔突然惊乍起来："茗涵，茗涵……"

"惊什么？你上帝大哥现身了？差点让我淋了场咖啡雨。"

"如果我没看错的话，车顶上的那幅画不是我吗？"

"哪儿呢？"

普里塔指给她阳台下的宝马车："昨天我没注意到它车顶也绘了画。要不是站在这里，谁能注意它车顶也绘着画呢？用你的眼睛看，那是我吗？"

"用我的眼睛看也是你。"茗涵一本正经。

普里塔端着杯子冲出阳台。

"你干吗去呀？"

"去找车主理论，他侵犯了我的肖像权。"普里塔说着，冲出门去。

半小时后茗涵打普里塔手机："理论得怎么样了？"

"理论个鬼？！车主还没有找到呢。你也不下来帮我一下？"

"你闪电般出了门我怎么跟得上？再跟着你在这楼里闪进闪出的，我这把老骨头还不散架了？"茗涵说，"我在阳台上替你看着呢。车主来了再下去也来得及。"

"哪儿来得及呀？你以为宝马是马呀？马也来不及呀。"

"那你随便吧。"

茗涵将晚饭准备停当，普里塔才上来。

"挺会估计时间的。"茗涵说，"一定是借故逃避劳动吧？晚上你洗碗、再加擦地板、再加……"

"天呀，你的心是不是人肉做的？我差点都折成两截，变成'普'和'里塔'了！你还这么欺负我。"

"来，来，补点营养重新接上。"茗涵给她夹菜。

两天过去了，普里塔还是没有等到车主。

"估计我是被人陷害了。"又过了两天普里塔说，"估计绘上我的画像是想让这事和我关联上。"

"这事是什么事呀？"

"没准儿是凶杀案呢。车主之所以一直没出现，是因为他不能出现了，他已经去世了。"

"这该不是你的性格呀？凶杀案？亏你想得出，你就没想到是谁送你的？"

"谁送我？"普里塔嘲讽一笑，"谁的脑袋这么昏呀？脑细胞一时不小心受风啦？"

"没准是阿伦。"

"不可能。"普里塔说，"他一定还在外面旅行，他回来马上会联系我的。"

"那我就无从猜测了。"茗涵一耸肩膀。

第二天，两人正听人称"C86在西班牙复活"的芒斯乐队仲夏夜绵绵细语般的纯情音乐时，门铃响了。

"车主找你道歉来了。"茗涵说，把音响稍微调小。

普里塔腾的一下子窜过去。

"这里有叫普里塔的吗？"门外的小伙子礼貌地问。

"你到底怎么回事呀？脑细胞发烧啦？在车上彩绘我的画像干嘛呀？你怎么会有我的画像？咱们是去警局还是私了？"

被普里塔劈头盖脸责骂了一通的小伙子蒙瞪瞪地说："请问这里有叫普里塔的吗？我是给她送特快专递的。"

"对不起，她认错人了。"茗涵替小伙子解围，给了他小费打发他走了。

"我想想，有谁知道我住这里。"普里塔嘟嚷着，将大信封打开。她拿出里面的一张纸，惊异地看了遍，接着又往信封里面瞧了眼。她随即把纸胡乱塞到信封里，慌忙把大信封扔给茗涵。

"果真是送我的车，果真是陷阱。"她嚷。

"那你就闪开把我推下去？"

"没有没有。我只是觉得你比我从容。"普里塔说着，兀自坐到沙发上。

"送你个车你怕成这样？"

"谁也没有理由送我呀。"

"我猜还是阿伦。"

"不会不会。我从不拿他任何东西。"

茗涵将信封里的纸拿出来念："'亲爱的，送你一辆车，放到你楼下了，希望你喜欢。'这不是说得很明白吗？"

"可没写是谁呀？"

"在背面写着呢。"茗涵将纸翻过来，"还真不是阿伦，是贝多里，想跟你重修旧好吧？"

"真的写着呢？"普里塔过去将纸拿起来，"哪里吗？这时候你还戏弄我？"

"那你是决定不要啦？"

"真是陷阱。可能车门一开就会爆炸的。"

"你最近没有得罪什么人吧？"茗涵严肃地问。

普里塔摇头。

茗涵大笑起来："你以为你是二B之一呀？塔利班要是连你这样的人都炸，那地球早成火星了。这样吧，我下楼替你先开开。"

"你也不许去，咱们报警吧。他们确信没有炸弹后，哪怕是天使们没放好掉到人间的，我都开。为这事我惊断的神经怎么也有三五根吧？"

"天使开车还真挺现实，这海陆空三栖的车都有了，摩托都能当火箭骑，天使还费力扇翅膀干啥呀？真可能是天使们没放好。天上车位太挤，掉下来的。"茗涵说，"一晃没有凶杀案的事儿了？被一辆车吓成这样，我看你要出马德里年度最大的笑话了。"

"天上掉馅饼倒不吓人，这天上掉下来一辆车可够吓人的。"

茗涵又大笑起来："我们中国人说天上掉馅饼，是比喻，不是天上真掉馅饼。"

"要是没有，干吗这么比喻呢？一定是发明这句话的人看到过天上掉馅饼。"

"我看你的智商得做做有氧运动了。"茗涵随即换了语气，假模假式，"那也可能，是从二楼，要是那时还没有楼，就是从山头扔下来的，馅饼。"

普里塔扑哧一笑："我在中国第一次听这话时，你猜怎么着？我把馅饼听成了宪兵。"

"想像很合理。天兵天将从天而降，就像你们的天使扇着大翅膀飞下来一样。怎么着，下楼看看？"

"真的，现在炸弹无处不在。"普里塔还在犹豫。

"还没有告诉你吧？"茗涵神秘地说，"我是拆弹专家。"

"神秘兮兮的，你是外星男人我都信。"

"要不这样吧。"茗涵建议道，"我给你表演个魔术。你站在阳台上，你看我不用钥匙就能把这车打开。这是刚才快递给你的钥匙，你看紧点。"

　　看到茗涵真的没用钥匙便把车打开了，普里塔在阳台上惊呼起来。两分钟后，她跑下楼："你偷我的摩托也这么简单？"

　　"比这简单多了。"茗涵看了一会儿普里塔说，"我直接拿了你的钥匙。"

　　"我看干脆你偷车我销赃吧。"普里塔说。

　　"我看行。"茗涵道。

　　两个中年妇女交换下眼神从她们身边匆匆过去。

　　"我看我直接去警局告你吧。"普里塔突然把茗涵的胳膊反背到身后，稍倾放开，"我突然想到了最大的可能。"她把茗涵手里的车钥匙也拿过来，"这车是你送我的。"

　　"你的智商终于回来了？绕了地球几圈？"茗涵白了她一眼。

　　"那你可真坏呀，逗我这么长时间。"普里塔打了茗涵两下。

　　"为了让单调的日子有些事情嘛。"

　　"觉得和我在一起单调了？"

　　"我是怕你会这么想。"

　　"我真的能接受这车吗？"普里塔问。

　　"就是怕你不接受，所以那卖摩托的钱没有还你。所以说这车你也出了钱。"茗涵说，"买这车也不全是为你的安全着想，也有我的。这个理由还行吧？"

　　普里塔看了一会儿茗涵说："你到底是什么人啊？你家内德是开银行的吗？"

　　"沾点儿边儿。"茗涵坏笑着把写着普里塔名字的车证发票等递过去，

"没想到想骂半天的车主就是自己吧。"

"干嘛写我的名字？借我开就行了。"普里塔看了看手上的东西说。

"到时过户不是更麻烦？我又不能在马德里呆一辈子。"

普里塔明亮的眼睛黯淡了片刻。随即她说："我见过车身彩绘。可没见过这么精制的，还把名画画上了。"

这天下楼见了宝马车，倒是茗涵吃了一惊。那车前盖上康定斯基的画不见了，换成了她的画像。车身两边的彩绘也都跟着变了样。

"怎么样？我也做到了吧？"不知何时钻出来的普里塔自得洋洋。

"你把我放在这里，不是让我死吗？"

"你也把我绘在车上了。"

"我有你那么开放吗？"茗涵说，"而且，我把你放在车顶，你躺在上面蓝天白云地看着轻松悠闲。我却要在最前锋的位置冲锋陷阵？"

"我的车技那是上流。"普里塔说，"不过，放这么出众的东方美女在这么显眼的位置，还真得需要清障车跟着。"

"如果你没有意见，你接着在车顶呆着。反正我得下来。"

"那咱们重新设计彩绘：车身左边来幅《乌比诺的维纳斯》，右边来幅《裸体的玛哈》。"

"两个美女开这样的车，不是强迫别人犯罪吗？"

两人商量来去，结果车身全部绘成毕加索的杰作《格尔尼卡》。鉴于普里塔没有意见，她仍旧留在天窗上观天象。

十二　惊慌的危险的

　　茗涵长这么大，从未有过这么开心的日子。常常是早上醒来，就会看到床头有她喜欢的鲜花。也有一看就知道是从外面的花园偷来的，一小束，粘着露水，就放在她的枕边。也有吓她一大跳的绒毛玩具。有次还是一条幼仔狗。

　　她们一起聊天、听音乐、逛街、吃饭、看电影、溜公园。一起去现代艺术博物馆、王立圣斐南多美术学院美术馆。管它地高天厚的普里塔对毕加索、达利、戈雅、鲁本斯等人的作品品头论足。笑得茗涵差点去见上帝。

　　黄昏的时候，她们也去卡斯提尔大道散步。那是全西班牙最宽阔的马路，车道中央还有两条步行道。黄昏时候，步行道上遍布咖啡座。"我得挽着你，因为这是马德里的情人街。"茗涵就让她挽着，她们晚间也去马幼广场附近。那里有穿着黑色衣服的学生艺人，带着缤纷的彩带结队巡游。

　　长这么大，从未有过这么开心的日子，茗涵想。而什么事情，当你意识到时，就是它要离开的时候了。茗涵开始发现普里塔有倦怠之情。她不再是爽朗得有些放肆地笑了；不再挽着茗涵的手臂；找奇怪的借口出去，不到凌晨不回来。仿佛是难开口似的，她有时甚至都不直接说，而是通过手机给茗涵发短信。

这天晚上普里塔回来的较早。她深情沮丧，脸色苍白。

"塔塔，你怎么了？"茗涵关切地问。

"没怎么呀。"普里塔故做轻松。

"发生了什么你告诉我。"茗涵在她身边坐下，温柔地说。

"真的没什么。"普里塔有些慌地站起来，站在CD架那里挑半天，换上盘周杰伦的。她走回到沙发那里坐下，眼光躲闪着。

"最近怎么都回来这么晚？"茗涵轻声说，"有男朋友了？想搬去他那里住？没关系的，有什么尽管跟我说。发生任何事，我都不会怪你的。你该知道。"

普里塔反常地沉默着。

"即使你的宝马今后接的不再是我，不再有我。也没什么。"茗涵有些黯淡地说，"只要你快乐。"

普里塔轻轻笑一下："我先去洗澡了。"

"我帮你去放欧石楠。"

"我自己来。"普里塔飞快地看了茗涵一眼，"直接泡在浴缸里就行吧？"

茗涵没有勉强她，却被她不宁的心神传染了。她感觉到自己微微的晃动，尤其在普里塔离她很近的时候。那似乎是想摆脱沉闷的决心，倒也有面对洪水却不思躲闪的快意。普里塔离开一点，站起来。那感觉消失了。

一张盘都唱完了，普里塔还没有出来。怕她出什么事，茗涵拐过屏风，进入小走廊，进到普里塔的房间。从浴室出来的水流了一地。知道那是水，茗涵还是拼了精神，大睁着眼看。是水，不是血，没有血。她的心狂跳着，奋力移动灌了铅般的腿。"哐"她一脚踹开浴室的门。门虚掩着，她跌到浴盆旁。

"你怎么了？没事吧？"普里塔惊慌地从浴盆里探出上半身。

茗涵抓住浴盆的边沿站起来："我怎么了？你还以为你怎么了！一进屋就绷着脸，两句话都没说便闷闷不乐地去洗澡。洗澡就老老实实地洗呗，水都流了一走廊。我还以为你自杀了呢。"

普里塔看了眼地下，伸伸舌头，耸耸肩："对不起，茗涵，我睡着了。"说着，把水龙头拧上。

"我看你不像睡着的样子。"茗涵说，"赶紧出来吧，别冻着了。"说完，"啪嗒啪嗒"走出去。她刚才没注意，水确实都流到走廊了。她拿了抹布想把走廊里的水擦干。擦了一半便扔下。她回卧室换了套睡衣，之后在靠近客厅的屏风旁扔了块浴巾。她回沙发上坐了会儿，她换了盘光碟，又换了盘。她把音响关了，又打开。她把声音调得低低的。她坐在沙发上，好像和自己赌气似的。她明白她没有生自己的气，也没有生塔塔的气。她把水弄一地就一地呗。把床都泡上水也没什么。可是，这一切是为什么呢？她烦躁的手指想把茶几上的香烟拿过来。这手指太躁了，它把香烟旁塔塔不知何时摘下的项链给刮到了地上。她把它拣起来，她怔住了。项链坠的心形小盒里，代替贝多里的，竟是她茗涵的照片！她手指颤抖着，把心形小盒合上，把项链放回茶几上。也许真的需要一支烟来镇定一下？塔塔的脚步声却传来了。茗涵慌慌乱乱，放弃她不熟悉的烟，欠身从右边的书架上拿下莫狄阿诺的《寻我记》。

塔塔出来了，裹着洁白的浴巾。塔塔的眼睛望着她。塔塔从未有过这么平静的目光。塔塔慢慢走向她，仿佛一个绝望的女人慢慢走向海的深处。

茗涵想离开，但她动弹不得。把眼睛转开总可以吧，但那眼睛就那么看着塔塔。

塔塔的眼睛盯着她，慢慢把身上洁白的浴巾解下。塔塔有完美的肩膀、身躯、腿。它们都闪着光，那么动人的光。茗涵又把目光按刚才的路线走了一遍。塔塔长长的卷发湿嗒嗒的，搭在她左边的胳臂旁；她光洁的胸前还滴着两滴晶莹的水珠；她的腿那么修长，真是模特儿的腿。仿佛拼了一口气从水底浮上来，茗涵的目光开始向上。塔塔有多么完美的脖子。茗涵的目光又向上，碰到塔塔平静中蕴藏着挑战与渴望的眼神。茗涵垂下眼睛，把目光重新放到书上。

塔塔坐到她的左边。塔塔把她的书拿开，放到茶几上。茗涵的真丝睡衣没有完全盖住的左肩膀，同样闪着光的肩膀，被塔塔轻轻地枕上。轻的恍惚，模糊的渴望；浅的不知所措，惊慌的、迟疑的、逃避的、迎合的、美丽的、危险的。

塔塔扭头，她的嘴轻轻压向茗涵的嘴。湿湿的、软软的。茗涵含着一丝颤栗，麻麻中微甜的惊慌。不是男人那种粗鲁、慌张、很快引向身体别处的吻。是那种试探的、含着青涩的甜蜜的吻，甜蜜幸福惊慌陶醉。塔塔把唇移开，又重新枕在她的肩上。身上是微微的湿，不像男人事后那遭人烦的粘。像她们见过的那突尼斯的山坡，像突尼斯对岸意大利的托斯卡纳，缓缓的，舒雅的，美妙的，动人的。茗涵的眼光向左，走了一半又返回，落在前方。她的心猛然一跳，窗户都还没有关！对面的三楼亮着灯，也没拉窗帘，不知刚才有没有人。一切来得太突然，塔塔温柔温润的猛烈，自己不曾想到的应接这猛烈的勇敢。这不伦的不正常的爱，刚才的爱，现在还零散地分散在四周。很美妙，还有那么一点笨拙和伤感。

月光漫进来，茗涵似乎看清了刚才朦胧的那些东西。和男人，仿佛是一起淋大雨；和女人，是细雨中立于船头的感觉，舒缓湿润的激荡。又仿佛一同被乐音围绕，悠扬、婉转。可以辨识出的甜蜜的轻率，感官上的冒险，对自己欣赏的美不同寻常的占有。

塔塔的头离开茗涵的肩："我和男人们做爱时，脑子从来没在那上面。我想着我还能从他们那里得到什么。而和你，没有。我只想安静、幸福、永远地呆在刚才那刻。那刻的安宁、甜美对照出我以往那没有底线的欲求，还有邪恶。真的，是邪恶。我能一眼看出一个男人能给我什么。不要以为这是简单的事。一个富翁，并不比一个资产平平的男人更爱掏钱。而有的男人，虽吝啬金钱，却愿付出那些看不见的东西，比如他的影响力。而我呢，把他们想要的身体给他们。所以对任何男人，我都没有亏欠的感觉，我们各取所需。可是，和你，我总觉得冒犯了你，真的。"塔塔抬起她灰蓝色的眼睛说。

"别傻了，"茗涵说，"我爱你。"她本想用喜欢，但不自主就说了爱。

"从来没有谁像你这么关心、爱护我。真的，我父母在内，从来没有一个。你请我吃饭，给我买衣服，陪我去北非；让我用你的电脑，让我住在你家里；知道我关节痛，就让我洗石楠花浴……再晚，你都会等我。我无法诉说我夜里或凌晨回来，望着这灯火的温暖……我对你的依赖从物质的转为精神的。而那种精神、心灵上的依赖，又变成身体上的。我也有过我爱的男人。但是，只有对你的期待，不带任何功利色彩，那么美好，梦幻一般。那是对我来说真挚的、神秘的打动。你对我付出那么多，却从来没有想从我这里得到什么。我一向勇往直前，从不负重的心终于有了这甜蜜的羁绊。我想我真是拣了宝，这女人能给我一切，却不像那些臭男人要求我什么。我想我能怎么报答你呢？我只有身体。我想到用身体报答的时候，突然想到你是女人。其实我对你的身体也有了热切的渴望，我喜欢你光滑的皮肤，安宁温柔的眼睛，柔软动人的嘴。这是一种复杂的感情。在各种夹缝中生存，却很顽强。"塔塔的目光像紧身衣一样把茗涵罩住。

"别这么看着我。"茗涵说。看了塔塔一眼，旋即转开。

"我有勾引你的想法。真的，这一阵我一直在酒吧里疯，不到凌晨不回来，就是想逃避，怕自己控制不住。可是今天，我到底没有按耐住。我想诱惑你，其实也是被你诱惑了。第一次见你，我似乎就觉出了什么，我明白了我祖父为什么那么爱那个中国女人。"

"我听别人说是日本人。"

"反正一样，是东方人。"

"那能一样吗？日本人能有中国人好看吗？"

塔塔没有接茗涵的话，兀自说："我无数次想像过那女人的模样：娇柔的面容，光滑的皮肤，温柔的性格。当你在我的视野里一出现，我便知道了我一直想像的女人就是你这样的。"

"你对东方女人不熟悉，出现另一个你也会这么想。"

"不会。"塔塔摇头，"我去过中国，认识不少中国女人。她们没给我这样的感受，这样的幻想。"

月光皎洁得几乎有些绚目，照着熟睡中的塔塔。她安宁下来可真不容易，可一但她安宁下来，她的脸便恢复到本真的模样。安宁的、单纯的、圣母般的。茗涵想像那些教堂里的圣母，那些大师笔下的圣母，都有现实中的模特儿吧。那些模特儿，一定像人们想像中的圣母一样，单纯、忠贞、安详、和谐。塔塔轻柔地呼吸着。她一凝眸女人也会受到诱惑的蓝灰色的眼现在闭上了，卷曲的长睫毛在眼敛上投下淡淡的影子。她月牙般向上翘的薄薄的粉红嘴唇可爱地抿着。她露在毛巾被外的修长美腿优雅地伸着，沐浴在明月的清辉之下。

长到32岁，这是唯一一个能让茗涵感觉不到寂寞的人，让她孤寂的心有了停靠欲望的人。想着半夜里她骑着飞快的摩托来接自己的样子；想着在沉暮的突尼斯旷野她那纤纤玉手传递给自己的温暖。那不仅是温

暖，那是能让你不惧黑暗，可以在黑暗中欢舞起来的欣喜；还有那不自觉就来到心里、脸上的笑。在塔塔进入她的生活前，她以为她和内德，和董宾一样不苟言笑。她没有能看清自己的镜子，也听不到心底的声音。在别人眼里，生活待她不薄，可她从未曾满足。她不是贪婪的人，但确实，那些她得到的所有，在她眼里，手上，是空的。而和塔塔在一起，哪怕就是说点无关紧要的话，哪怕都不说话，她感觉却是那么满足。这和塔塔是男是女没有关系，和她是哪个国家的人更没有关系，只和这个独立的独特的个体有关。都说前世和今生时间维度的寻找，其实，有简更单的，天涯海角，茫茫宇宙间空间维度的寻找。而她应该庆幸：她们及时相遇，在这还算锦绣的年华。从突尼斯回来后，塔塔去巴塞罗那前，自己都害怕塔塔像个外星人一样消失。但说到底，她没有对这个女人有什么奢望，就如她不想向今夜要得更多。

楼下有车子猛然开动，"吼"的一声，跟狗叫似的。塔塔一点都没有听到，还是轻轻枕着她的左臂。左臂早麻了。但她怕抽出胳臂会惊醒她。

她很慢却是长长地出了一口气。这么长时间以来，她第一次细想这事：她和这女人之间的关系。她感激命运的安排，却十分清楚这爱的结果。这世间的爱，能突破任何一切而发生。但那激昂的，不寻常的爱，结果都是玉石俱焚，几乎无一例外。命运从不负责，它只把这爱给人看看，然后便拿走。水月镜花，让人空恍一梦。只有混沌平庸的，早从爱中沦落下来的不爱，才能长存世间。前者的精彩一瞬，后者的无聊长久，你只能两者选一。这么看，还是公平的。

一直以来的低情商在跟塔塔接触后高了起来。也是因为她从心底爱了，有了真经验，才突然耳聪目明起来。耳聪目明就看到了结局。这结局，让她黑白分明的秀目在这如水的月光下模糊起来。悲戚从心底浮起，

从她心底最柔软的部分，而后，被她慢慢地压将下去。这爱，曾很长时间潜伏在甚至不为她们自己所知中。其实完全有时间有机会有理由走开的呵。在什么都还没有发生前。可是，她留下了。为塔塔的挽留，为自己的不那么坚决。然后，她们的身体承受了这渐渐而来，终于在今晚发生的一切。

再怎么复杂的感情其实都有简单的解决办法。那就是"死在一起"或"离开"。现代人既然没有死在一起的勇气或能力，那离开就是最好的办法。是的，离开，很简单。再怎么多想也是这么简单。可是，茗涵还在拼命地想。她真希望自己的思绪能沉淀下来，她想像它们像灰尘一样沉落。如果它们是长在一棵树上，她会爬上去把它们统统摇落。可是，那思绪仿佛从天而降的雪花，大大的，漫天飞舞，怎么止也止不住。它们也不是雪，因为它们会重新飞起来。飞的，落的，满屋乱乱的。她有想逃离这思绪的冲动，就像夜里出走一样。可是，那样是做作的，因为她还清醒。她不能用自己的虚伪面对那么真实的塔塔。那些思绪还飘着，茗涵自己却沉在了黑夜的下部。疲乏、困顿席卷着她的身体。干脆堕落、沉沦下去算了。只管自己的感受、体会，不管别人的目光、指责。

有些事情，只在最疲劳的时候才会想到，因为那是与众不同的时刻。颓废，有时是身体的累虚化出来的吧？

那个在她平静的心底掀起狂潮的人，还在酣睡。真不愿惊醒她的美梦。可是，梦总得醒的。而她们之间，终归是一梦。只能是一梦。

思维都脱离了脑子，在那里傻傻地，空空地打弯、盘旋。

塔塔翻了个身，让出她的胳臂。还没有离开，已经感觉到了空虚。塔塔又翻了个身。亏得让她睡里面了。孩子似的，让人不忍伤害。

塔塔蜷缩着身子，仿佛等命运的手臂抓过来。

茗涵盯着这个正准备含笑走开的今夜，哪里是命运给她们留出的空间？脑子也僵硬了，可还在想，好像它偏要够到它根本够不到的什么似的。

在她身上奔跑得如此激烈的思绪，终于停息下来。一些碎片还漂浮在空气里。这有些暖的空气，她们共同温暖过的空气。现在，地球转到哪里了？这可爱的蓝东西转着，带着这么多人的命运。多像蓝衣圣母呀。

天光渐亮。黎明和黑夜交替时分给了她一些微妙的想法，正如白昼与黄昏更迭时在思想上洒落的金影。黑白交替之际，宇宙总会洒落一些秘密。

十三　我已有了畏惧

"我醒啦。"普里塔在床上高声叫。这午间有些哆的甜蜜声音令茗涵全身一颤。但她还是稳稳地坐在沙发上，穿着黑色套装，头发一丝不苟地盘起来。

"我—醒—啦。"里面又喊。

茗涵还是没有动。

"哼，没人理我。"普里塔在里面嘟囔着，磨磨蹭蹭地出来。打着哈欠的她看见沙发上的茗涵怔住了："咦？这是谁呀？"她蹭蹭地跑过来，半弯个身子，围着茗涵转了半圈。

"别这么看我，坐下坐下。"茗涵说。

普里塔坐下："今天出去找工作？"

"不是。"

"参加葬礼？"

"不是。"

"那我更不明白了。"普里塔哈哈大笑，"你这打扮就像，就像……"

"我想我们算了吧。"

"你什么意思？"普里塔颇感不解。

"我们到此为止。"

"你说什么？"普里塔似乎清醒过来。

"我没想过，从未想过和一个女人……就当什么都没有发生。"

普里塔一时沉默着。

"我不是同性恋，连想都没有想过。"

"男人、女人，不仅是生理性别，更是文化、社会赋予他们的角色。没有一个人完全是男人或女人。只能是男人的，女人的。没有一个人是完全的异性恋或同性恋。中间只是一条线，看你倾向于哪边。而有时，特殊的环境，特殊的因素也会给你动力。既然我们在异性那里找不到真爱，何必不在同性间试试？其实，这也不是因为对男性世界的失望而发生的。这是我们之间自然而然的东西。而且既然已经开始了，说什么都来不及挽回了。真的，那是你躲闪也无法回避的发生。你干吗不面对现实呢？"

"我已有了畏惧。"

"怎么解脱你的顾虑呢？"

茗涵摇头："同性恋……"

"花长在绿叶上是美好的，花长在花上就邪恶吗？不，我不那么认为。"

"也许这是个提示，让我回到正常的生活里。这么流浪迟早要出问题。也许命运是要告诉我，我虽然不停地走，其实哪里也到不了。"茗涵轻蹙眉头，"我喜欢你，喜欢和你在一起。可是，我得到的，是我本意没想要的。"

"这又有什么差别？你们中国不是有句话叫无心插柳柳成荫吗？上帝一打盹，你没要的也给你了。"

茗涵微微低下头："我其实也不知自己要什么。我也许从来都不认识真实的自己。"

"那让我来告诉你：你像我原来墙上康定斯基的画，蓝色骑士社画家们的画。你就像那些画家。像青春期的孩子，在现实和梦想间徘徊。伤感浪漫又神秘，单纯颓废却无比倔强。小心翼翼，却心含烈火。"

"别以为你对我很了解，一个人怎么能那么了解另一个人？"

塔塔摆手，没接她的话："你也像你原来墙上的那些瓶子。而我，就像酒，那些不知怎么就来到你瓶子里的酒。这些瓶子，是为酒而存在的。因为酒，这瓶子开始有了醉意，有了对生活的爱。只有装过东西，它才有生活，有瓶子的实质。"

"我连瓶子可能都不是。我就是那抹灰蓝色，瞬间消失的一片光。"

"那我也是在这光的照耀下发出的光彩。被你这样善良、美好的人宠爱，我感到无比幸福。你可以看到，你都说了，我突然惊艳起来。最重要的是，我现在有充足的爱，能把夜晚的忧恐赶走。我想你也一样。"塔塔转向她说，"其实这多么简单。你爱我，我爱你。就这么简单。"

"不会那么简单。命运不会原谅我们的。"茗涵低声说。

"哪有什么命运？！"塔塔喊，声音随即低了下来，"上帝什么都能原谅。他既然给我爱你的心，给你爱我的心，他就该让我们相爱。"

"我是说过爱你，那是迷惑中的话。我说那话的时候，理智并不在身边。昨夜我一直在想……假如你像抛弃别的男人那样抛弃我……"

"这已经不是刚才的问题，你到底怕什么？"

"怕很多。"

"我怎么会抛弃你？"塔塔来回急走了几步，而后回到茗涵身边，"我对你专心致志。"

"你的专心致志都是局部和阶段性的。总是被一个问题又到另条路上。而且，可怕的是，你对什么都感兴趣。又当模特儿，又主持电视节目，又演电影，又做设计师……一点没有关联的事情，却被你的好奇和天性中的聪明关联起来。"

塔塔一闪笑容："你应该为我自豪才是。"

茗涵接着刚才的话："你把我的身体当成藩篱，隔断来自男人的诱惑，或者是一时的好奇。然后，你离开。被你抛弃后，我又怎么能回到往日的生活里？最后，你终于和一个男人结婚时，我怎么办？"

"我干吗还那么费劲地给自己弄个藩篱？男人早已诱惑不了我，他们没有好东西，还说到和男人结婚？那是你的情况！你结婚了我都不怕，我要争取。而且，也没有什么往日的生活，'太阳每天都是新的'。真的，爱上你后，我有那久违的恋爱的感觉。我甚至有些恶毒地想：亏得我祖父死了，要不，他一定会爱上你的。"

"我爱你。但是，这个世界我们爱的东西，并不一定都得拿过来。"

"为什么不呢？"

"这社会有它的规范。"

"规范都是人制订的。而且，这个世界是霸道的，我们为什么要按它的规范来生活？"

"因为生活给予你，所以它同时要求你放弃。"

"我放弃不了对你的依恋。"

"我不知自己是清醒还是在梦中。"茗涵喃喃自语。

"那又有什么区别？反正是真实地发生在你身上。这个没错吧？就像水。你把它冰冻起来，也是保存起来的爱情。"

"有的人，用一点点力气就能爱得很好。有的人，真爱了一个人，最后总要心肝俱裂。这是天赋问题。"

塔塔像个女神，在故事中是完美的。可在生活中，她是任性的，比常人更有计较和算计的心。因为她不能像个真正的女神那样，伸手就把想要的拿来。她和大家一样，她甚至比大家更贫瘠。而她，因为不是真正的女神，所以不能呼吸空气就可以维持生命。

"我们的亲热到抚摸和接吻为止，我也没有那么热烈的性要求，我们只是依恋着彼此生活。我们都30岁了，经过生活中很多的人和事，我们知道，我们适合彼此的生活。真的，看着你，我就觉得特别好。"

"别说了。"茗涵说，"我们到此为止。我不是寡情的人，我甚至有些多情。但是，我没想过，从未想过和一个女人……就当什么都没有发生。"稍停，她说，"你搬走吧，或者我走。"

"那天从西方公园出来，你说要走的时候，我真的有些慌了。我实在承受不了你离开的现实。然后你说你在一个城市住满三个月就要离开。我竟然想：过了三个月你就会回来。我也想起了内德。就像一年中你总能回到他身边一次一样，我觉得你也会回到我身边。你的话中根本不含这个意思，怎么想也想不到这层意思。但我不知为什么就这么想了。就像你看不出事物间的某些联系，我的思维也在那天发生了事故，而事故是什么性质我完全不清楚。我只知道，当你一说离开的时候，我的脑子就全部乱起来。"

"别说了。"茗涵打断她，"你喝咖啡吗？我去给你烧。"然后没等塔塔说话，她即起身去了厨房。

茗涵用了比平时多三倍的时间烧了今天的咖啡和茶。普里塔没有到厨房找她，她一直呆坐在沙发上，直到茗涵出来。茗涵把咖啡、茶放在茶几上，走了几步，拉开客厅的窗帘。阳光虽然绚目，但可以看到秋天的影子了。春花秋月，岁月悠悠。

普里塔端过茶杯，她眼望着茗涵说："加迷迭香的艾菊茶？"

"加迷迭香的百里香茶。"

普里塔有些生气地耸耸肩，带着一丝委屈和怨恨，她喝了一口茶。

"最近都和谁一起泡吧？"茗涵找话说。

"人为的东西，就是为了对抗自然。"普里塔的蓝眼睛望着窗外某处，

"现代化，人为的东西越来越强烈，自然的东西便退避了。酒吧，是啊，酒吧。在灯红酒绿中，在时光的迷香里，还有谁会想到那暮色中的凄迷？在城市中，谁还去想自然的困惑和悲伤？"她的眼睛还停在窗外，"因为人类渐渐宽容的心，更能理解不同民族的不同。更重要的是全球化，文化等的冲突都不再是问题。我们开始面对人类最后的问题：物质高速发展的同时精神的困惑。"

茗涵沉默着。

"我从未跟人说过，我还有过一个男友。"普里塔的目光低下，又抬起，"我和他是在飞机上认识的。他坐在我左边，隐形眼镜突然掉下来，粘到我胳臂上。很多时候，开始就注定了结局。他抛弃我，不为别的女人，不为别的理由。"普里塔停了一会儿，"他当了教士。"

茗涵微微惊愕地看着她。

"原来的教士不允许结婚，所以他们就偷情，不少人还有私生子。那是违反人性的，所以现在废除了。现在，在美国，公开自己同性恋身份的都当上了主教。可是，这世上就有这样的人，他只会专一，专一于一种爱。他给你的爱是比别的男人给你的纯洁无私，但那是天父般的爱，可以播撒给众人。我试着冲过某种界限，在次神界和他相爱。我想当我的心完全安静下来时，我或许能在那藏于安宁中的幸福里找到他。我去修道院当了修女。我那段神秘的失踪，不为任何人所知。那个修道院有四十三个祭坛，有小礼拜堂，帝王庭院，无数的走廊和房间。我对此了如指掌，可是，我并没有通彻什么。每个黄昏，我望着中间教堂上耸立着的那个高九十二米的圆顶，心里充满了忧伤。是不是这修道院太小，使我不能领悟什么？我像世界各地朝圣的修女一样去了梵蒂冈。

"不知什么原因，我去梵蒂冈的时候，并没有穿修女的服装。事后我想，我当修女，真是这世界上最可笑的事。但有一瞬间，我确实爱上了修女这个职业。那是我等着上圣彼得大教堂塔楼的时候。我和众多的游人一样在烈日下排着长队。两个穿西装，拿对讲机的黑人，分站在门的两侧。这时候，一个穿灰衣的修女想把我们右侧那个院子的大门拉开。没能。站在左侧的那个高大的黑人跑过去，帮她把门打开。用一种尘世里男人对女人那种藏着浅浅欲望的关心。这时候，又有两个穿黑衣的修女直接进去教堂。而我们，都在酷暑里排着长队。那一瞬间，我看出了我对修女的妒忌，也看清了自己根本做不成修女。就在这妒忌里，明知自己根本做不成，我爱上了修女这个职业。

"我是爱过贝多里，很爱。"普里塔放下咖啡，"可是，就在我和你去突尼斯的路上，我追随他的想法消失了。在飞机上，当我的手与你碰到一起时，我有了幻觉。我不再是在你的陪伴下去抢回一个男人，我只是和你开始一段甜蜜的旅行。"

茗涵飞快地看了眼普里塔，然后低头喝茶。

"不，不，我不是放弃了旧爱来追你。"普里塔急欲辩解，"我想把贝多里抢回来，其实也有目的。他和一个导演是好朋友，可能会为我争取来女1号。这部戏下个月在巴塞罗那开机。"

"你在巴塞罗那停留那么久，是不是找这个导演去了？"

"没有，我已经不再想演这戏了。"普里塔清了清嗓子，然后舒缓地说，"从14岁起，我就生活在五光十色里。那时我刚刚出道，在巴塞罗那的时装大赛中获得了季军。不算什么成功，但人生毕竟因此被改变了。走各式各样的T台，被各色的摄影师拍来拍去，上花花绿绿的杂志。模特儿真是超青春快餐。多少出色的人，惊人一闪，随后就消失了？真跟流星一般。大家都知道，所以即时消费，丝毫不拒绝眼前的声色犬马。

"我们出席各种聚会，我们是聚会上迷人的装点。就像那些闪亮的漂亮小灯一样；就像女人身上那些耀眼却不值钱的首饰一样。我比那些女孩更有心机，我在聚会上挖掘能给自己帮助的人，也得以从一个圈子跳到另个圈子。每个圈子都有这样的聚会。有钱的阔佬、所谓的艺术家、小有名气的漂亮女人。我生性开朗，又会说笑，所以参加的聚会就比别人多。

"很长一段时间，我每天忙于聚会，好像生活一下子消失了，不再有别的内容。穿衣镜前长时间的打扮、长或短的路途、聚会，我的生活就剩这些。连那些甜蜜的睡眠好像都可有可无了，整个人处于极度亢奋的状态。直到想到聚会我头就痛，直到一天没有聚会我就觉得活着艰难。这聚会取了我所有，也给了我所需。模特儿、主持人、演员，我这'半瓶子'在各种混水里趟得有声有色，也妄图更有声色。

"后来我知道了，我所向往与追求的成就和名望，只不过是我战胜孤独、悲哀的一种手段。我必须向高处攀登，向宽处伸展，因为没有一处能给我安稳踏实幸福的感觉。是我的牙让我领悟了这点。我牙痛得厉害，去看了一次，医生说没救该拔了，我却一直拖着不敢去拔。我想当我有更大的名望，像佩内洛普·洛佩兹那样或者像瓦妮莎·罗伦佐那样，我去拔它，或许就不会那么痛了。那样的名望一定会给人更大的勇气和力量。

"直到我得知演黄蓉的演员自杀。刚出道不久我去过香港，那时她是人见人爱的小龙女，那之后我不再知道这个演员的消息。但她的俏魅慧黠，其实更该是她惹人妒忌的幸运，深深地印在我的心里。她自杀是早已发生的过去时，却在它的影响力早已灰飞，在这件事早都被人们忘却之时，影响到我。也许是我的意志在这时和这事有了神妙的关联。也许是她留在宇宙中的印记经过了将近二十年，经过了不为人所知的旅程，终于闪到了我的心灵上。反正，我走每一条路，都会想：这是通往死亡的路。我看着自己的照片。我想这越来越多的照片，留下来有什么用啊？终会无用的，谁稀罕去保存？谁能去保存？我对自己的身体，也不再那么爱了。

"这世上的万物都是有灵知的。你爱它，你就会得到它的厚爱；你轻蔑它，就会受到它的漠视。在玛丽亚·凯莉为她的美腿投保 10 亿那天，我的腿被玻璃划伤了。那也是在聚会上。我都没有声张。我想伤就伤吧，还能用多少年？也许我及时去医院处理，就不会落下今天这样的伤疤。"普里塔把睡衣的下摆往上拉了拉，左腿上那暗红色的长条突起像个调皮的蚯蚓。

　　茗涵的眼光在她腿上扫了扫。

　　"看到这疤，我就会想起什么。这疤比从前小了，淡了。但永远不会消失。"普里塔把睡衣放下。她稍停片刻，而后接下去，"我正式的男朋友一共有 6 个。他们有球星、大导游、著名服装设计师、银行家、议员、歌剧演员。他们都是某一行业里出色的人。我喜欢出色、聪明的人。我是爱他们的，但我的爱中也有别的欲求。也许是我的爱不够纯粹吧，所以它们都变了，我想就算纯粹它们也会变的。我还没有看到不变的，长久的爱。戴安娜的世纪童话，汤姆·克鲁斯的幸福传说都告以段落，现在只有贝克汉姆和辣妹还爱着。不过我看也快到了该结束的时候。就在前天，我亲眼看到贝克汉姆与帕塔基在一起喝咖啡。他们的眼神，那不是普通朋友的眼神。

　　"爱情越来越脆弱，越来越脆弱的爱却越来越容易得手。得手了，就变了样。像棉花糖一样，看起来那么一大堆，舔两口，就剩不下什么了。今天的爱情观，与女权运动的推动是分不开的。女权运动说到底，是男人推动的。他们之所以发起这样的运动，就是想解放更多的女人。这样，他们才容易找女人。"

　　"你这样的理论，我还是第一次听说。"

　　"男人就像野猫。来了就吃，吃饱了就走，饿了又来。"普里塔说，"男人就是给野猫东西吃的男人，给猫一点点东西，就想动手这里摸摸，那里摸摸。"

茗涵没有忍住笑起来，马上又停住。

"只有女人，才能给女人完全平等的爱，温柔体贴的爱。"普里塔望着茗涵说，"是你给了我从不曾有过的幸福体会。给了我最值得宝贵的温暖情怀。爱情，就是对一个人真挚深厚的感情。不管这爱来自哪里，都是应该珍惜的。我不会因为你是女人，就回避这爱。"她看了看茗涵，又强调，"只要这爱是真的，又何必管它来自男人还是女人呢？爱来到了，和性别、国籍、那些虚伪的条件都是没有关系的！"

"不说了。我本来睡得很好，却在这美妙的早晨——已经是下午了吧，遭到了致命打击。"她看着茗涵，"我想再睡一会儿。你也好再想想，你可能会改变决定的。让我睡在即将知道答案前。"

"不需要想了，我们就这样了。"

普里塔还是那么看着茗涵，然后轻轻摇了摇头："我说过，我对名利的追求是为了克服人世忧伤的可能。而在你这里，我找到了自己的所需，不再惧怕什么。日升日落，潮起潮落，重复单调，我都能安然接受。纷杂的理想，不再是我的所求。我只想和你在一起。而我相信自己也能给你别人不能给的。"

"你有很多你的理由，我也有很多我的理由。我们是争不出什么结果的。所以我们不说了，好吗？就这样了，我们到此为止。"

"你是怕表明自己的态度！"

"到此为止。"

"茗涵……"

茗涵打断她："别说了。"仿佛怕她理解不了这句话似的，茗涵还摆手。两只手都在眼前摆。

普里塔过来，把茗涵的手抓住，放下。她蹲在茗涵坐着的沙发前说："你的心真像石头那么坚硬吗？"

茗涵没有说话。她闭了下眼睛，泪珠滚落下来。

"我能说的都说了。我虽然那么渴求你，但更不想伤害你。"塔塔纤纤的玉手慢慢放到她脸上，轻轻擦去这泪水。

这爱的抚摸，如丝似绸，温暖芬芳却痛遍心肺。这不再暧昧已经清晰的，这不伦却也纯洁的，这淙淙小河一样流过她干涸心田的，这花香鸟语闹喧在她寂寞心海的，又将远去，踪影难觅。惊鸿一瞥的塔塔呀，马德里的一场烟花。

她多愿相信这是即兴的，一闪而过的。她多愿这将过去的、终止的、离开的、改变的，仅仅是一段女儿情，是可以被蒙尘成灰的。她多希望自己也能在爱中熟练老道油滑，也能和大家一样勇敢，抑或麻木。心扉合上，永不开启。心宁事化，永不再言。

可是，她怎么能够呢？纵然这爱对她而言实属奢侈品，纵然这爱在她眼中实在难有作为。

"我会永远记住你的样子。"塔塔说，晶莹的泪水也从她的眼中滑下，滚过她娇俏的面颊，滚过她有优美弧线的嘴唇，慢慢滑到她完美的脖颈上。

她们凝望着彼此，纤手交缠；她们拥抱，泪水流在一起。

她的眼睛，如何在闭上之后再看不到塔塔？她的心，如何在纷乱寂寞的世界中再想不到塔塔？她怎么能就此放下，爱过便忘，事过境迁？而那未来的岁月，她又如何尝试着过下去？她怎么在更心不在焉中打发残剩的时光？再美的山峦，再美的海岸，都不会在她倦游的心里激起一点涟漪了。

其实，她同样知道，这爱就在她的掌心，她轻轻一握就能留住。有什么，脱离她的意愿，跳出她的从容，逃奔出她艰难的舍弃。冰消雪融，情海兴波。此生相随，永不离分。

她多希望自己能站到那里呀。她如何能站到那里呢？那是想像，痴心下的妄想。

她能做的只是将这爱深埋于心。将这沸腾的，燃烧的爱情藏于她宁静冰冷的容颜之后。

"行，我听你的。"普里塔下了决心般地说，"但是，要再给我一天，一天之后我会在你的视野中消失，永远消失。已经不到一天了，就算一天吧，好吗？"

茗涵在盈盈泪水中沉默着。

"那就这样。"普里塔站起来，"我去给你做蛋糕吧，芭芭怎么样？你喜欢浇罗姆酒的还是樱桃酒的？"

"别做蛋糕了。"茗涵抓住即将离去厨房的普里塔，"我给你做中餐吧。"

十四　末日情

两人出去买菜。回来，普里塔打下手，茗涵做了一桌子的菜。

普里塔的鼻子使劲嗅着。

"这算午餐还是晚餐呢？"茗涵说。

"午晚餐吧。"普里塔说，"你要是开家中餐馆，我立刻动员马德里旅游协会给你颁个'金牛'奖。再让法国 Michelin 指南给你颁发两副刀叉和一粒星。"

"马德里中餐馆都几百家了，我才不开呢。我做事不随大流儿。"

"不随大流儿，独特的你又不干。你就是这样……"普里塔没有接着说下去。

吃完饭已经8点了。她们喝着咖啡和茶，静静地靠在沙发上听音乐。

普里塔端过茗涵的茶杯，尝了一口："加迷迭香的百里香茶？"

"鼠尾草茶。"

"今后不再猜了。"普里塔假装赌气。

她们都听出了这"今后不再"的意思，一时沉默了。

电视可以多人一起看，音乐却适合一个人听。除非有唱有听的，否则两人或多人在一起听音乐多少有些怪异。这个茗涵从前的观念，早被普里塔解构了。

刘若英唱了《为爱痴狂》，莫文蔚唱了《阴天》，光良唱了《第一次》，许茹云唱了《真爱无敌》，张艾嘉唱了《因为寂寞》，辛晓琪唱了《领悟》，林忆莲唱了《野风》。

"从这歌词里，可以看到流行的情感。"茗涵说，"前几天我听《孤独芭蕾》：……慢慢忘记一段爱情，慌慌张张跟着世界旋转，麻麻烦烦，天天胡思乱想，我不会。我不要，忙忙忙忙，故意欺骗自己，平平凡凡忽略我的梦想，孤孤单单夜夜看着月亮，办不到。拿走你的回忆。明天起，我不认识你。谢谢你，离开我的世界吧！'

"我开始还为这样的想法感到吃惊，但细想也是正常。朝朝暮暮的爱情，现在全是一朝一暮的了。新状态下，自然得有新心情。生活自助书，爱情解忧书，虽然一直占据着畅销书榜，但远没有一首歌更直接，更少占我们的时间，一听便明了。音乐了不起呀，尤其这流行音乐，无意无形中就转变了我们的心思，左右了我们的情感。

"在蔡琴时代，是《忘不了》，是'年复一年，我不能停止怀念'。到了王菲时代，虽是冷脸天后，也是《容易受伤的女人》，也是'哪怕多一秒停留在你怀里，失去一切也不可惜'。到了张信哲时代，也是《爱如潮水》，还叹'爱情冰冷的电话，无人再打'。而那些个时代的爱情，哭、笑、挣扎，虽痛不欲生，却难舍难分，不求退路。

"时光荏苒，2003年璀璨的男声杨坤，沙着嗓子唱'无所谓，谁会爱上谁。破碎就破碎，要什么完美。'卢巧音和王力宏也同歌'若勉强也分到不多，不如什么也摔破'。而被这些歌左右的人们，学会了放弃，学会了回头，学会了换个角度。不再坚持，把爱当纪念。时间紧迫，没人再执著，没人等奇迹。转身前行，前方有爱情；无爱也无所谓，独行很快乐。

"中国改革开放之后，我们从歌曲中听到了爱情。我们从催人奋发的革命爱情，进入私人化软绵的纯爱情。我们从《月亮代表我的心》到"投入地爱一次,忘了自己'。到'相见不如怀念',也终于到了'明天起,我不认识你。谢谢你,离开我的世界吧'!

"说到底,音乐再怎么变,也是人做出来的。那我就不知道了:是我们改变了音乐,还是音乐改变了我们?!我想起了我非常喜欢的一首歌。我把它找出来。"茗涵说,就把《一样的月光》找了出来。

静静地听过之后,普里塔说:"这个我喜欢。"

"换个口味。"茗涵说,就让老鹰乐队唱了《加州旅馆》,注册商标合唱团唱了《终于遇到你》,莎妮娜·堂恩唱了《你是唯一》,后街男孩唱了《永不伤你的心》,奇洛与祖祖唱了《我的一生》,辣妹合唱团唱了《再见》,恩根唱了《撒哈拉沙漠上的雪》,凯人合唱团唱了《有关我的事》。

"我们能做的事情越来越少,只能喜欢音乐。使人放松的音乐,属于孤独人的音乐。"普里塔说,"在音乐的短暂沉迷中,就像猫用舌头把自己的伤口一下下舔好一样,人在一个个音符中把自己的伤疗好。音乐是挺神奇的,本来让人悲伤的音乐,让悲伤的人听,反复听,却能从悲伤中解脱出来。也许因为什么事情过了一定限度都变质了,不再是那事情了吧。音乐让人感动还有一个原因。它完美,因为它短。"

夕阳西沉,银月斜挂。她们什么也不做,就静静地靠在一起听音乐。她们什么也不做,连灯都没开。

"当"的一声巨响,两人吓了两跳。是风把客厅的门关上了。音乐还在继续。还是绝好的音乐,风格也相近,但似乎有什么变了。在她们又成为她们之后,确实有什么变了。有什么变了,却又无从把握。茗涵把两个手掌抵住太阳穴。这"当"的一声把她的脑袋震晕了,好像猛烈地被关上的是她的脑袋而不是门。

"你头痛?"普里塔问。

茗涵摇头。起身察看了一遍门窗。

现在，能被"当"地关上的都关上了。

窗外突然出现了闪电。像一匹要将谁接走的白马。谁也没有接走，所以它接着闪。

在老式电影里，闪电和暴雨属于离别的一部分。虽然已经没人喜欢用了，可这急雨还是来了。急雨落在玻璃窗上，像心跳那么有力。闪电在幽蓝、静谧的小街上一闪一闪。闪电暗下去时，屋子里更暗了，她们身后的那墙显得有些阴森。阴森是有力的，它把茗涵的决心都收了进去。

那么规矩，那么冷静的自己，怎么会站在今天这个可怕的地方？怎么会站在需要那么多决断，那么多伤心和柔情的地方？其实早没有了决断，一切都定了。只有犹豫、踟蹰在无用地灰尘般漂浮。终于会落到地上的漂浮，尘埃落定。尘埃其实都是落定的，别人眼里的犹豫和踟蹰也被墙收进去了。

闪电还在闪着，仿佛在等待，必须把什么带走。门窗都关紧了，不需再察看了，但茗涵还是站到了客厅的窗前。路灯的影子再往前一点，投到窗上，她就可以藏到时间里，再不用想这些问题，这些自己的问题，这些假设别人眼里自己的问题。可是，它没有再往前，它不能再往前，从来都没有。她是知道的。

是的，没用的，茗涵知道。就在茶几上的小钟实际"嘎嗒"，她却觉得"轰隆"的一声里，时间到了12点，"今天"进了车库，"明天"还没出来。她是可以趁着这秒滑进"永远"的。但这很快，太快，几乎就在同时，所以她什么也没抓住，错过了。

在慢慢弱下来的低音上音乐停止了。安静，有什么要发生却不会再发生的安静。茗涵什么也没做。普里塔的手在茶几的某处挠了会儿，又停下："刚才还星光灿烂的，突然下大雨了。挺奇怪的。"

隔了一分钟，茗涵说："雨季就要来了。"

普里塔没再接话。

这黑暗太长太沉默了，普里塔把灯拉开。在有些陌生的昏黄光线里，她在 CD 架上拣下一张碟片。

"这个不好听。"站到她身边的茗涵说，将音碟拿过来，放回去。《最后一夜》在这碟里。那正是茗涵此时最想听的。可她不敢，怕自己会落下泪来。终于回归正常，离别之际该有的正常，被音乐和她们的言语支走的正常。"咱们去睡一会儿吧。"她说。普里塔说好。

茗涵僵硬着身体，不知身后等待自己的是什么。不用转身，她已经知道身后是空的了。在她滑入长久的疲乏下一段短短的睡眠中时，塔塔走了。软绵的粉蓝色枕上，留着塔塔的一丝秀发，她情不自禁地抚摸过去。在这软绵的粉蓝色的枕上，还有，还有塔塔留下的温度，塔塔留下的那淡淡幽幽的香。

这蓝色星球的微亮时分，昨天已被忘却，今天已然开始。过客不再等命运的消息。

因为欢爱和泪水，我们会记住这世界。茗涵站在微凉的窗口，在灰白的晨晓中想着塔塔离去时是怎样的心伤。尤其是在凌晨，容易恍惚、忧伤的时刻，和黄昏一样的迷茫时刻。在迷惘的黄昏，不正是塔塔，在幽灵隐没的陌生旷野，给了自己最踏实的安慰，给了自己黑暗中从未体验过的温暖？塔塔是否存在过？是否是给了她勇气的女神？这女神从她此时站立的这扇窗飞下，降落在灰色的石头路上。她洁白有力的翅膀慢慢地收回，在这日出前的清虚里，化身人间的形态。

她不是女神。她留下了真实的笔迹：此生最深情的一吻，给睡梦中我深爱的你。附：我的东西太多了，现在拿不走。后天我找人来搬。

在最后一夜已经过去时,茗涵把《最后一夜》放出来:我也曾心醉,两情相悦,像飞舞中的彩蝶。我也曾心碎,与爱人离别,哭倒在醉湿台阶……

整整一天,茗涵就那么望着窗外。在物质的流转中,在时空的漫化里,她猜想女神真实的形象。

普里塔将东西搬走这天,茗涵躲出去了。整整一上午,她一直坐在西班牙广场。下午1点半,她走去日出咖啡馆喝了杯咖啡。然后去对面的韩国餐馆吃了点东西。出来后,又到日出咖啡馆喝了杯咖啡。咖啡太浓,不适合她,但喝了也没怎么着。梧桐树还绿着,但再绿的季节,也有飘零的落叶。一叶飘零的梧桐树叶,差点让一个警察跌了一跤。在这个坡路,这个脸色黝黑的警察正在抄车牌子。一辆雷诺车停在咖啡馆这边有禁停标示的大门前,一辆刚闪进这小街的本田车在韩国餐馆那边,差点撞到前面的奔驰车上。茗涵把早已凉掉的咖啡喝下,走去国家电影馆。她看了《别告诉任何人》,又看了《悲怜大地的情人》。她走出电影馆时,夜色早已阑珊,霓虹闪亮张狂。

格兰维亚大道上人潮汹涌。茗涵一直向东走,在路口拐角处的麦当劳门前停了一会儿。中国的麦当劳比哪里的都好吃,虽然它来自美国。"美好时光,美味共享"的麦当劳,总让她想起大学时代。因了回忆,那些平淡的时光仿佛罩上了淡淡的昏黄,温暖动人。

茗涵想了一下,还是过马路去东阁中餐馆。喝着马猴啤酒,她望着议员宾馆。阳台都静静的。"在议员宾馆,我请了她吃了第一顿饭,她首次在我面前落泪。我坐到了她身边。我没想把她揽在怀里,我只想和她抱头痛哭。我们都经历了人生的重大挫折,我们抱头痛哭会减轻悲伤的。可是,这女人把泪水和我留下,独自走了,重新奔赴自己的新生活。"

在阿伦从前的话里，茗涵想着从前的塔塔，这从前却让她心生悲凉。

阳台上静静的，紧临窗外的小街却不是。两个妓女停下来，把什么从一个人的衣服里层掏出来，倒到另个人的衣服里层。很多东西，所以她们折腾了很长时间。茗涵吃了一顿饭出来，那个露一块屁股的妓女还没找到生意，也可能已经找地方干完了。

半夜回到家里。没敢看塔塔的屋子变成了什么样，她径直把那门锁上了。半天没睡着，好不容易睡了，天不亮便醒了，然后再不能睡。早餐没有胃口，东西只动了一点，却也没有撤掉，一直坐在餐厅。11点了，阳光斜斜地在地板上亮着一条。阴影里很有凉意了。该干什么呢？开始下一站的旅行？早已没了心情。就像一种药，用得太久，病毒已有了抵御能力，旅行不再能疗伤了。回到内德身边？他好像不需要，自己也不需要。

日子出现了明显的空白。

既然想不出怎么改变，在哪里改变，那就先这么着。以不变应万变。她怀着淡然的心情去了两次丽迪罗公园，想不出也没心情去哪里了，她就一趟趟一圈圈坐地铁。地铁里卖唱的人很多。不错的人儿，不错的吉他弹唱；一曲终了，几枚硬币叮当入袋，再转去另个车厢，或另辆车。在自己的大学时代，吉他歌手、校园诗人都是学校里的风云人物呵。深夜，在自己的宿舍窗前，要是也有人那么送上一曲，虽也会骂"讨厌"，心里却会像喝了蜜似的。知道不可能才这么想的吧？有些人，一直想要的送到眼前时，却是不敢伸手的。可是，这塔塔……哎，不想也罢。

她大学时代结束的时候，也该是校园里最后的浪漫结束的时候吧。现在，花样年华，因为大家的认同，早是草样年华了。还有什么青春痛，爱情痛，直接就是：谁的荷尔蒙在飞？双向飞还不行，交叉乱飞。是啊，现在，哪个漂亮女生还和男同学谈恋爱呢？大款各色的车会在周末接走她们，而象牙塔也稳不住那些白发的先生了。这光速变化的世界谁又能管得住呢？罢了，还是坐在这里先听上一曲吧。

个子不高的一个男人弹着吉他。他旁边棕色的女人和他一起唱。男人的脚边是袖珍行李车，上面绑着黑色的音箱。

茗涵最喜欢的还是凯旋门下的地铁里，那转乘处，一个接近青年的少年。他也带着音响，黑色的，在他的左右两侧。他面前是个巨大的电子琴。在优美的旋律下，他偶尔抬起清秀的面庞，上面没有任何表情。电声很了不起，它简化了乐队。

坐腻了地铁，便乘上面的车。拣车便坐，直到看到本该漠然的一车人都用异样的眼光盯着她。她下意识地低头看看自己。还没等抬头，就感觉硬硬的什么顶住了自己的后腰。"咣当"，车门仿佛生气似地死命关上了。

"你这是什么破车？！"茗涵身后顶着她的那人说。

"这车今天就算听话了。"女司机快活地高声道，车子游龙般穿梭过闹市。把着后门，戴绿色假发的女人一脸冷默。

车猛拐，茗涵趔趄了两下。身后那男人扶住了她，而后把她按在一处座位上。他把枪对准了茗涵。在确信她不会呼喊后，他掉转枪口对准这车厢里不确定的某处："谁敢喊一句，我就一枪结果他！"

十五　绑架

120平米左右空荡荡的房间。没有扶手的靠背椅围成大半个圆圈。靠背椅上的八个人都愤怒地沉默着，对着三个持枪的人。两个女人，一个男人。

"你们面对的是一次独特的绑架。我们不规定你们每个人的赎金。能拿多少看你们的家人。但是，不要存能骗过我们的侥幸心理。你们每个人值多少我们都非常清楚。"穿猛绿色皮衣裤的女郎说，她戴着绿色的假发。

"你知道我值多少？我自己都不知道。"一个40岁左右的男人说，"不规定赎金的绑架？这不符合规律。"

"这自由的时代允许异想天开。"女司机说。她松松地套着灰色的男式夹克。

"不是异想天开，规律产生于强权之下。你们在我们的位置，同样可以制订游戏规则。规则用多了，就是规律。"瘦弱男人重新解释说，"跟传统的绑架不同，我们不会通知你们的家人，而要坐等他们上门。而你们，某种程度上，是坐等命运的消息。"他穿得比任何人都多，脖子上缠着深蓝色格子围巾。

"不通知，我们的家人怎么会知道？"一个50岁左右的女人理直气壮地问。

瘦弱男人说:"我们有最先进的通迅方式,已经把这次绑架,你们每个人的图片发给了马德里电视台、CNN,BBC,互联网。总之,能让你们家人看到的所有地方,由他们来联络你们。请注意这点。要是我们发现谁主动打电话出去,严惩不怠!你们和家人商定好了赎金,然后来找我们。刚才我们翻过了,你们每个人都有手机。我们这里也有各式充电器。别妄想和警方联系。联系也没有用,这里装了我自己研制的最先进的防卫星定位系统的装置。时间只有三天。三天之后,你们的家人拿不来我们满意的赎金……"那男人笑了一下,把手枪对着墙角,嘴里说"砰"。

"三天不行,我家远在美国。"40岁的男人说。

"除了他,还有外国人吗?"瘦弱男人问,看着茗涵。

"我住马德里。"茗涵漠然地说。

"三天足够了,在地球的任何角落都赶得来。"女司机说,"当然了,要是你的家人不想救你,那一百年也不够用。"她啪地打开放在她左边高桌子上的电视。几个频道果然有了这次绑架的图像。

"简直是开玩笑!"美国男人愤然地说,"我家里是有点钱。可谁他妈知道该用多少钱救赎?!"

茗涵同样不知道,她甚至不知道内德有多少钱。

"我没有家人,我的父母刚刚去世。朋友行吗?"一个20岁左右的漂亮女孩问。回答是可以。

"这世界每天都有爆炸、绑架的事件发生。可我真没想到有一天它还落到了我头上。"50岁女人说,不解中有隐隐的兴奋。

"这世界发生的任何事其实都是和我们有关的,看你怎么看。"女司机说。她此时抱着肩膀站着。

"我面临的问题比较复杂。"一个30岁左右的男人说,"我明天就要结婚，你说我的家人算是我还没来得及结婚的妻子，还是我父母？"

"这根本不是问题。你没来得及结婚的妻子可以和你父母共同出你的赎金。"瘦弱男人回答。

"这更复杂了。"有人低声道。

"你其实最幸运。"50岁女人对30岁男人说，"你明天结婚，你未婚妻马上会联络你的。不像我，我离家半个月，我那死老头子都不会找我。当然了，我也不找他。他不在的时候，我觉得真清静。"

"但愿吧，我不知道。"30岁男人微微摇着头说。

正当大家把目光集中在30岁男人的身上时，靠右边坐着的一对男女拥抱起来。看到大家转向他们的目光，那中年男人指了指怀里的女人说："她头晕，快坚持不住了。"

"当着我们的面儿拥抱？不错。"50岁女人说，"接下来，你们是不是还要当我们的面儿做爱呀？不错，我们是面临着危机，生死存亡的危机。可危机时刻，我们人，就该像动物般如此下作吗？就可以就近找个人来办只有相爱的人才能办的事吗？"

"大惊小怪什么？"美国男人厌恶地对50岁女人说，"朝不保夕，当然更该及时行乐。这是人的本性。"他不怀好意地补充说，"乐一寸，短一寸。"

"只能说这是男人的本性！"50岁女人义正严辞。

"你们别吵了。"被中年男人抱在怀里的中年女人抬起头来说，"我们是夫妻。"

"噢，真不幸。"50岁女人马上转变了态度，"那你们等着谁来救呢？"

"我们在外面没有亲人。"中年女人说，"我和我丈夫都是孤儿。"

"那你们真是被命运逼到了最黑暗的角落。"50岁女人哀叹。之后两秒，她马上改变了面容，指着30岁男人，她说，"我猜，他的手机一定会最先响起来。"她说话的神情，就好像她掌握着什么真理似的。

20 岁的女孩跟着点头。

坐在最左边，靠窗，是个 60 岁左右的老男人。他始终一声未吭，也许是一心一意等救吧。

对于某些人，比如茗涵来说，这样被动等救的方式还是合适的。"我被绑架了，你出××万来救我。"茗涵还真开不了这样的口，其实也不是开不了，只是不知向谁开。父母，是要留下钱生活的。因为对他们来说，活下去比什么都重要。而内德呢？在想起内德的这瞬间，茗涵陡然想起了塔塔。她的心不能抑制地悲伤起来。她要是有钱，会来救自己吧？自尊心那么强的自己，却要如此被动地坐等别人来救，想来够丢脸的。

她安然于自己的永寂，却与永寂相隔的塔塔难过起来。虽然这死别和不久之前的生离都是她们不再相见，但如果她活着，即使不见，她们也能灵犀相通。而真的生死相隔，她再看不到听不到感受不到了。"最有可能的是，此生之后，我们什么都不再有了。"那么，任凭塔塔如何呼唤，她都不会作答了。

她敢想自己的死，却不敢想与塔塔的永别。化动物化植物，怕是都不能化为吹拂一下塔塔的风，看塔塔一眼便散去的云。她只能化石，化尘埃。呆立不动，毫无知觉。

大家都以为 30 岁男人的手机会最先响起来，结果，倒是美国男人的手机率先发出了声响。"你说什么？"这男人狂怒道，"我设计了这次绑架？戴绿色假发的女人就是我秘书？放屁！我遭到了绑架！真正的绑架！你现在不买机票飞到马德里，还等什么？！我告诉你，三天之内——已经没有三天了——你不把赎金拿来我就玩完了。我的本特利轿车给你？这时候你跟我谈这个？！去你妈的！我就是变成鬼，也要把你从轿车上揪下来。行，行，我给你买辆新车。用多少钱来救我？你看着拿吧。

你没法看着拿？我他妈也不知道！他们没有规定赎金！这是他妈最缺少逻辑的绑架！我说了半天你还没完全相信呢？！我正面临着死亡的威胁，你却还在对我的人品进行考证？考证去吧，去吧。去你妈的！去你妈的！"男人吼着，把手机啪地摔出去。手机在地上轻快地跳了一下，然后不动了。

手机又倔强地响起来。男人恨恨地把手机拣起来："你他妈还想怎么着？！"他喊，随即转变语气，"对不起，罗伯特先生有事出国了。请您三天后再联系。"按掉了来电，他接着又拨了几个号码。"出门了吗？"他问，听完对方回答，他刚刚平静下来的面容又扭曲起来，"我最后再告诉你一遍：那戴绿色假发的女人不是格雷丝！行，行，我让她跟你说。"他暂时停止了对话，走到绿发女郎跟前，"小姐，我太太不相信我落在绑架中，坚信你是我秘书。你跟我太太说两句行吗？她听听你的声音，就会相信的。她相信了，马上就能送来钱。"

"问题得您自己解决。我们只是冷静的旁观者。"被求助的女郎淡漠地说。

罗伯特看了眼掌上的手机，又将它扔出去："去死吧，你们都去死吧！"在把手机扔出去后，他仍然挥舞着双手。

在接下来的半小时内，手机声响成一片。在空荡荡有回声的房间里大家吵成一团。只有茗涵静默地站在窗前，看着窗外降临的深沉夜色。头顶的白炽灯亮了。刚刚回来的女司机给每人带回了汉堡包。

第二天曙色刚染东窗，就有手机响了。大家互相寻看。原来是30岁男人的手机。他的手机声实在太大，对方的讲话都听得一清二楚："卡洛斯，我在加马而丁车站呢。我刚刚到马德里。你的婚礼在哪个酒店举办来着？我走的匆忙，请柬忘带了。"

"婚礼取消了。"卡洛斯说。

"取消了？开什么玩笑？"卡洛斯"对面"的那个人说，"我坐了一晚上的火车过来就是听你说这句吗？取消了？那你昨天怎么不通知我？我三次从巴塞罗那过来参加你的婚礼，你三次都取消了！耍我不成？我告诉你卡洛斯，我这辈子再不会参加你的婚礼了！"说罢，摔断了电话。

　　卡洛斯无奈地耸耸肩。

　　"他说的是真的？"50岁女人问。

　　卡洛斯点头。

　　"那我就奇怪了。"50岁女人说，"他发的火似乎比新娘还大。"

　　卡洛斯笑了："他来三次，新娘只来一次。"怕她不懂，卡洛斯又补充说，"三次婚礼的新娘不是一个人。"

　　"新娘不找你也挺奇怪的。"50岁女人说。

　　"她觉得没必要找我了吧。她让我发誓这次不会在婚礼前脱逃，我发誓了。可这次真的不能怪我呀。"

　　"我不明白，你为什么偏得在婚礼前逃脱呢？你不同意结婚不就得了。"50岁女人寻根究底。

　　"第一次，我没把结婚当成事。所以那天我忘记了，没有去参加婚礼。第二次，我是太把结婚当成事了，所以婚礼那天，我怎么也想不明白：我真的要和一个女人生活在一起？我想不明白，所以没去。这一次，事不在我。"

　　在50岁女人对卡洛斯追问不止时，茗涵的手机差点都没引起她自己注意地轻轻响了一下。还是什么买车卖车的可恨信息吧？茗涵把手机拿出来一看，却是这样的：我是塔塔，刚得知你的情况。咱们短信联系，别声张。我没有救你的钱，但愿有救你的能力。你根据周围……

　　茗涵正猜想那没完的话会是什么，普里塔的短信又来了：刚才写不下了。你根据周围的情况看看你身处何处。

这不是废话吗？难道人家还能把他们放在能看出是何处的地方？她把手机调到震颤。普里塔的信息马上又来了：我不愿比你多活一天。所以，也为了我，请你多用用自己的才智。

"我不愿比你多活一天。"茗涵在心里重复着普里塔的话，她明净冷静的眼睛把心底泛起的感动与柔情压了下去。

"姑娘，你怎么了？"50岁女人过来问。

茗涵正想怎么给这个明察秋毫的女人解释时，后者的手机响了。"什么？我自愿被人绑架，好引起你们的注意和重视？"她恼怒地喊，"我有那么可恶吗？难道我比你那个背叛家庭的父亲更可恶吗？你们怎么从来不想想我，想想一个被背叛的女人心灵上所受的折磨与伤害？我也去找个情人？！亏你能说出这样的话！我不能因为别人乱，自己也跟着乱。"这女人拿着手机走来走去，"我是没什么值得被绑架的，可他们确实绑架了我！"这女人看了一眼大家，"你们救不救我无所谓，我早就活够了。我巴不得早一天进天堂呢。"

这个希望早一天进天堂的女人却不像丧失了人世的希望。放下电话，她走到罗伯特面前说："跟你妻子一样，我儿子也不相信我，他说我是自愿被绑架的。"

"不一样。"罗伯特说，"我太太之所以那么说，只是她不想救我的一个借口。人总得有一个让自己满意的借口，行动起来才坦然。"

在心思被别人扰乱又恢复回来时，茗涵的手机又显示：一点线索也没有吗？

茗涵脑中突然一闪。把信息发了出去：在'欧洲门'之前，我们一直走的是27路公共汽车的路线。在经过车站时，女司机……

她接着用第二条短信把话补充完整：总忍不住停下。我判断她很可能就是27路汽车的司机。

"你们只有一天半的时间了。"持枪的瘦弱男人突然高声提醒大家。

"这些总够了吧？"一个并不年轻却洪亮的男声说。大家寻找着这个未曾听过的声音。原来发自一直没有开口的那个60岁左右的男人。他慢吞吞地站起来，从腰间解下他那不起眼的棕色宽皮带："昨天你们翻过了，但忽视了这个。"他把皮带翻过来，把上面长长的黑色拉锁拉开。

女司机把皮带接过来，从里面掏出成捆的欧元。

"我用这些钱救自己。"60岁男人微微骄傲地说。

"不行。"瘦弱男人道。

"我全部的家当不比这多多少。"60岁男人解释。

"不是钱的数目，是这钱救你自己不行。"绿发女郎说，"但是，你能用这钱来救别人。"

"你们凭什么不允许人的自救？！"60岁男人十分气恼。

"这个问题会给你解答的，在你活下来之后或去世之前。"女司机大咧咧地说。

"强盗逻辑！"60岁男人说，随即往地上呸了一口。

"我再提醒你一下。"绿发女郎说，"这钱虽不能救你，却能救在座的别人，可别浪费了。"

60岁男人气哼着。稍后，他拧着眉头，环顾左右。他的眼睛一一掠过那些期待的眼光，最后落在20岁女孩的身上："如果你能和我睡一觉，我的钱便用来赎你。"

大家小小的期待像吹了一半的气球那样瘪了下去。

20岁女孩微微摇着头，骄傲地说："留着你的钱吧，我爱的人会来救我。"

"回答得好。"女司机说，夸张地鼓起掌来。

"我说的是这钱'能救在座的别人。'我可没说是一个人。"绿发女郎对60岁男人说，"你完全可以用这钱来救大家。当你决定救大家时，你也得救了。而且，我们会把钱归还你。但是，你没有。你依照男人的本性，选择了一个年轻美丽的女人，一下子就让你撞到南墙上的女人。而你们大家，"她用目光扫了下众人，"失去了这个离你们最近的机会。也可能是唯一的机会。"

"先解决一下你们的问题。"绿发女郎走到一直沉默地依靠在一起的中年夫妻那里。

两人稍稍分开。

"如果说这里的其他人还有得救的可能，那你们没有了。"绿发女郎说，"我现在正式宣布你们被淘汰出局。"

"噢哦。"瘦弱男人举着枪过来。

"还不到三天，你们违规了。"卡洛斯说。

绿发女郎微微一笑："有些行动是需要时间的，有些则不必。"她对中年夫妻说，"我宣布你们最先出局，不是因为你们外面没有亲人。希望最渺茫，所以也就最具希望。希望其实离你们特近，几乎唾手可得。只要你，"她指着丈夫，"求我们把你妻子放了，自己留下。或者，你，"她指着妻子，"求我们把你丈夫放了，自己留下，你们两条命首先就能拣回一条。如果你们都开口请求，那我们就会把你们一起放了。"

"谁能想到这点？"50岁的女人生气地插嘴，对绿发女郎说，"还有哪些可能？你们这算什么？智力游戏吗？"

"把我或他留下？"中年女人微微笑着说，"不可能。我们俩谁离开谁都无法活下去。我们不会求你们，我们能死在一起是幸福的。"

"啧，啧，啧。"瘦弱男人夸张地发出三声。

"那么，我宣布。"绿发女郎极灵巧地让手枪在手指间快速地转了两个来回，"你们可以出局了。另一种出局：你们得救了。不过，为了防止你们出去报案，你们还得和这些人坚持到明天。"

我一直在守候，亲爱的，给我消息呀。普里塔发来短信。

我在努力。茗涵回。此时，她不用特别在意那个50岁女人，后者正对着中年夫妻高声嚷："作为自由人，你们的恳求可能会有用的。可是，你们为什么一声不吱？萎缩在自己得到的安全里，对别人漠不关心呢？"

"我们不知道什么样的恳求对你们来说是有用的。"中年女人语调平缓地说，"我们恰恰不是因为没有恳求才获得了自由吗？或许在你们平静的不动声色里，他们最后会放了你们。因为我看出来了，他们这次绑架不是以勒索钱财为目的。"

"你想让我平静地坐以待毙？那是不可能的。"50岁女人说，"我想了，只有你们的恳求才会有用，你们可以用全部家产来赎我们。我们出去了会凑齐还给你们。或者，你们就用自己的命来赎我们。"

"狼对人说'来吧，让我吃了你。我也没有办法，因为我很饿。'你说，人会怎么回答？你先生背叛你是情有可原的，因为你太自私。"中年女人说。

"感情的事提了没意思。"50岁女人说，"也不是狼的问题。你难道没有看出来吗？当你这般恳求时，他们就会给你那般完全想反的结果。"

中年女人没有回答。

"你要想办法救我们，我给你十二个小时。"50岁女人说。

"你这算什么？要挟吗？"中年女人问。

"别废话。十二个小时。"

"还有一小时。"第二天下午2点，50岁女人提醒中年女人。

"一个人不想救你，你说破天也没有用。"罗伯特过来，对50岁女人说，"别做饿死鬼，来，我们还是先吃点东西吧。"

"我回来的时候，看到大门的门缝儿下有你一封信。"刚买完外卖回来的女司机说，把一个大信封交给瘦弱男人。

"我的信都从门缝塞进来。"瘦弱男人说,"这栋楼我从来不让别人进。"

就在信从女司机的手上递到瘦弱男人手上的一瞬,他们对面的茗涵瞟过去的一眼记住了倒写着的二十一个字母。他们不会想到一个人能有这么出色的记忆,所以他们没有注意茗涵。没有被注意上的茗涵,怀着小小的心跳,把短信发了出去:这里的地址是:PINTOR MORENO CARBONERO。

不能再详细些吗?

不能了。

是遗憾地不能了,因为接下去的地址刚才被那男人的手握住了。

等着我吧。普里塔又如此发送过来。

茗涵咬着汉堡包,静观周围。

瘦弱男人看过信,从口袋里掏出打火机把它烧了。

50岁女人咬了一口汉堡包,叫:"简直比英国的食物还要恶劣。"

"太太,您以为您在哪里呢?"女司机不高兴了。

"别管我在哪里。既然你给我吃的,你就要给我饭后的咖啡。"50岁女人心安理得地说,越来越高声地喊,"咖啡!咖啡!咖啡!"

"来,来,让我看看这个如此酷爱咖啡的太太。"女司机过来,用左手捏住50岁女人的下巴,让她的脸面对着自己的脸。

大家围拢过来。瘦弱男人两手掐着腰,好奇地围着两个女人绕了一圈。他刚才因为看信转移到皮带上的手枪,现在还没有回到手里。

"你说说,你为什么一定得要咖啡?"女司机恼怒不解地问。

"我……"50岁女人说,突然以迅雷不及掩耳之势,把瘦弱男人插在皮带上的手枪给抢了下来。

一直以来,三个持枪者把注意力放在罗伯特身上、卡洛斯身上、中年男人身上。连茗涵他们在内，谁也没想到这个最老的女人会有反抗的举动。然而，同样出众人的意外，这女人没有把枪指向3个歹徒之一，却奇怪地将枪对准了中年夫妇："恶势力与冷漠的人群，我更痛恨后者。恰恰是因为你们的存在，这恶势力才会如此猖狂。"

中年女人微笑着说："你只是不能容忍我们突然跳出大家共同的命运。"

"感谢我吧，是我成全了你们想死在一起的幸福。"50岁女人嘴上微笑着，手却颤抖着。实在是抖得厉害，所以左手也上去帮忙。

在这犹豫的子弹射出来之前，中年男人以飞快的速度把太太推到一边。然而，接下来一声巨喊却不是发自他的。

仿佛子弹很认主人，走火的枪打中了瘦弱男人的左小腿。与此同时，50岁女人像被热栗子烫了般把枪扔出去，马上被绿发女郎的左手拣了起来。她右手同时掏出了枪，用双枪指着被绑架的众人。女司机马上赶去瘦弱男人的身边。

"赶紧送医院吧。"有两三个声音说。

"要不要去医院？"女司机问。

"有那个必要吗？"瘦弱男人说，解下脖子上的格子围巾。女司机用力把它缠在他的小腿上。然后，他被扶着，靠着放电视的高桌子。女司机看了一眼，把电视抱下去。瘦弱男人坐了上去。

茗涵的手机震动起来。这次不是短信，是电话。茗涵不由自主地接过来："喂？"

"你别说话，亲爱的。"普里塔说，"我们已经到了PINTOR MORENO CARBONERO。给我们一些信号好吗？"

"我已经注意你有些时候了，这位东方小姐。"绿发女郎说，伸手来抢茗涵的手机。

茗涵躲过她，对手机喊："你可以不来救我，但你同样找不到钱在哪里。咱们今生的缘份尽了，永别吧。"说完，用力将电话摔向地面。

"在某些人的提示后，我也注意到了：你的手机一直没响，但你一直在手机上捣鼓什么。"绿发女郎把茗涵的手机拣起来说。

"正像这位先生不在乎流血牺牲一样，"茗涵指着瘦弱男人说，"我也不在乎自己的生死。但这手机里有个游戏，一直还没有玩开，只是觉得这个有些遗憾。"

"那么我替你玩玩？"绿发女郎嘲讽地说。她手上茗涵的手机，屏幕已经碎了。但按起来还有声音。

给我们一些信号，茗涵想着普里塔的话。她走到罗伯特身边："借个火好吗？"

明目张胆地用打火机点燃什么势必引起怀疑，于是，在罗伯特递过来打火机之后，茗涵又说："再给我支烟。"

在罗伯特微微的惊奇里，茗涵学普里塔的样子将烟点燃了。又学她的样子抽了一口。在观察了众人之后，她悄悄把衣服的下摆用烟头点燃了。不行，要燃到椅子，势必得经过自己的身体；而在这么空的房间里，一把椅子燃起的火很快会被扑灭，离被外面人看见的可能有太大的距离。枪声能把普里塔他们引来，可把枪再抢到手里的可能也几乎为零。

"我发现有人在玩花招。如果继续下去的话，我会提前处理她的。"绿发女郎发出警告。

茗涵老实了一阵。5分钟后，她找机会接近那中年女人悄声道："你能不能和我打一架？我趁机把玻璃打碎。这样外面的人就知道我们在哪里了。警察已经包围了这个地区。"

"我不愿冒这个险。"那女人轻声说，"当然了，我也不会揭发你。"

用枪对准他们夫妻，茗涵明白了那50岁女人的所为。不过，用枪对着人家也算无理，谁也不是天经地义得救你。

"谢谢你让我清醒过来。"茗涵低声说。

窗外阴黑似漆。

绿发女郎突然一抖。原来是她身上，茗涵的手机在震动。绿发女郎按了接听键："喂？"没有回答。她看了茗涵两眼，把手机放回身上。隔了一会儿，她身上又一抖。

"这是什么意思？"绿发女郎恼恨地问茗涵。

"不是我接，对方当然不讲话了。因为这是我的手机。"茗涵淡淡地说。

"给你的手机！"绿发女郎把手机砸向茗涵，"我真不明白你是怎么容忍这东西在你身上一直这么震动的！"

手机碎成两半了，其中一半滑到那50岁女人的脚边。

茗涵灵机一动。"你凭什么踹我的手机？"她冲过去，一下子抓住那女人的胳臂。

"我没有呀。"50岁女人向旁边躲闪着辩解。

"你要不来一脚我的手机会裂成两半吗？"茗涵不依不饶。

"这手机滑到我脚边时已经两半了。卡洛斯可以证明。对吧，卡洛斯？"

卡洛斯点头。

"这都快死了，还为一个破手机打什么？"罗伯特皱着眉。

"死前，一个人才会表现出她的本性。"女司机说。

"是呀，"50岁女人说，"不声不语的姑娘，怎么突然变得母老虎似的？而且，我根本没有碰到你的手机！"

"少废话！把你的手机给我！"茗涵欲抢那女人的手机。在后者把她推开时，茗涵故意栽到墙上。她用身体把墙上灯的开关给按掉了。在一片黑暗中，有什么发出"咣当""喀嚓"的巨响。

"都站着别动！谁动我像这样先结果谁！"绿发女郎叫，开了警示的一枪。这声音里有刚才那巨响的组成成份，是玻璃的碎裂声。

不知谁把灯按亮了。

"刚才谁他妈用椅子砸我？！"中年女人一反理智礼貌地叫起来，一把椅子的两条腿插在碎玻璃窗外的铁栏杆间。

"活该！"50岁女人幸灾乐祸。

在只有茗涵的眼光望过来时，中年女人的眼神会意一闪。

"把你的手机给我！"茗涵好像又想起刚才的事。

"凭什么给你呀？！"50岁女人毫不示弱。

"我的给你行了吧？"罗伯特掏自己的手机。

"我干吗要你的呀？我就要她的。她把我的手机弄坏了，她就得赔！"茗涵说着，转了半个圈到了50岁女人的背后。那女人惊恐地转过身子，仍然顽强地说："不给！"

"那就去死吧。"茗涵把那女人往墙上猛力一推。灯又灭了。

灯马上又被按亮了。

"你他妈到底想干什么？！"绿发女郎对茗涵喊，扬起了巴掌。

她的胳臂被卡洛斯托住了。

"她有望成为你的第4任新娘吧？"绿发女郎指着茗涵，嘲笑卡洛斯，"在另一个世界，别在婚礼前逃跑了。"

大家终于静了下来。

"不让你经历事情，你永远不会知道生活有多残酷。"瘦弱男人开口道，"我们只是随机绑架了27路公共汽车上的人。我们丝毫不清楚你们的底细，所以不知该向你们的家人要多少赎金。我们原本也不想要什么赎金。只要你们的家人，或朋友到来，哪怕没有一分钱，我们都会放人的。这是你们的幸，也是你们的不幸。当然了，"这男人嘴角闪出一丝冷笑说,"你们也可能亲人太多,这会儿还在商量赎金的事。"他转向罗伯特说,"这个美国人,一直嚷嚷不知道自己值多少。现在,答案出来了:你一分钱不值!你们一分钱不值!不值一分钱的还有我们。所以我们都应该啪啪。"他举起枪。

"听着你们的故事,看着你们的所演,我们甚至不想活到预计的12点了。"女司机说。

"你们两个,可以出去了。"绿发女郎指着中年夫妻说,拉开了门。

在这对夫妻的犹豫之际,几个身影挤了进来。

茗涵看到了普里塔。

十六　马德里美人帮

　　"在被绑架的这三天，你都想什么来着？"普里塔问。她和茗涵正漫步在丽迪罗公园。

　　"我在想，"茗涵慢慢说，"一个人降生时，她是哭的，而周围的人都在笑。一个人死时，周围的人都是哭的；她自己，会不会在笑？"

　　"你这个没良心的冷血动物。"普里塔说，"我为你两天两夜片刻未眠，滴水未沾。你不想我，却想这样的问题？"

　　"当然了，能活下来我还是愿意。"茗涵说，"更当然的，是想你。"

　　想到可能永远再见不到塔塔了，她感到那么难以忍受。现在，这爱显形了。那么直接，那么热切。只要这爱是真的，来自我们心灵深处，又何必管它是来自男人还是女人呢？寻回自我。可是，我有过自我吗？一直反抗着，但似乎仍旧是别人意志下的生活。

　　"子弹擦着我左耳垂儿过去时，你猜我想什么？"普里塔问，随即说，"我想这下免费穿耳孔了。"

　　"穿耳孔？"茗涵忍俊不住。稍后笑容消失，"看到你被枪指着，我想，我得给塔塔捐肾捐肝捐肺了。"

　　"就是不给心？"

　　"心不早给你了吗？"

"我也没怎么害怕。我想那么多人，子弹真就能窜到我身上？说不上这情色时代的子弹也嫌丑爱美对我舍不得下手呢。"

　　"子弹难过美人关？"茗涵停顿了一会儿说，"前一阵我来这里，看到了你。"

　　"不可能。"普里塔说，"今天之前，我能有一年没来这里了。"

　　"管它可不可能，那都可能了。"茗涵说，"也许是我出现了幻觉。我看到了你，不自主地高喊'塔塔'。众人之中的你，向我转过头来，目光让我怦然心动。

　　"我们也划着这些带白边的蓝色小船。爱斯潭克湖上还有一艘白色的游船，停在那里，一动不动。岸边的树绿绿黄黄的。被阿方斯12世纪念碑分开的三棵白桦树，向水里弯着它们的身体。纪念碑对面的这条林阴道，热闹非凡。我们在小亭子里喝了荷尔茶塔。在路边摊买了一袋饼干后，我们站在那里看一个男人卖艺。他收钱的琴盒放在地上，一个拿着冰淇淋的小女孩就坐在那男人旁边的地上，不知是他的还是游客的孩子。一曲终了，周围的人都鼓掌。路旁的木椅上有闲坐的人们。

　　"我们走去林中，钻天杨闪着它们朴素的绿。让我想起故乡，栗子树结着绿色带刺的果实。我们把脚踩上，栗色的光滑果实滑脱而出。

　　"我们接着向前走，看到了水边的玻璃房子。旁边的牌子上介绍着这水晶宫在1887年的内部情况。鸳鸯在水中游动。还有白鸭子，红嘴的黑天鹅。黑天鹅颈部曲线优美，身体后半部的黑色羽毛像裙裾美丽的褶皱。它优雅、悠闲地游动。孩子喂面包给它们，白鸭子比谁都能抢。鸳鸯为了吃面包，都站到水边下数第二级台阶上了。

　　"这该是丽迪罗公园夏天的景色。"普里塔说。

　　"是的，现在这里多么冷静。"茗涵说，"也可能是个梦，只不过这梦对我来说太清晰了。"

"这次绑架可能吓着了你，让你出现了幻觉。"

"不，这是之前的事。"

"在我们分开的这段时间，我其实就在你身边。我就在楼下，直到看你熄灯。有时你不开灯，但我知道你在。"普里塔说，"我怕你出什么事，比如突然生病了，没人照顾。最心碎的时候，是望到你出来了；终于看到了你，却不能招呼。

这天茗涵回家时吓了一跳。大门四敞大开，几个人正大件小件搬东西。

"干吗呀？光天化日之下就这么往外搬？！"茗涵上去质问。

原来却不是往外，是往里搬。电视台在这里布置个场景，"全真实记录并直播"。

茗涵一听更火了。凶着脸把这些人带物撵出门外。

"普里塔同意的。"一个好像管事的漂亮女人说。

"她同意你们找她去，让她再来找房东我。"

下楼买东西的普里塔一会儿回来了："哎呀呀，茗涵，你一上午手机都不开，我没法和你联系。"

"联系了也不行。全真实记录并直播？那我还怎么生活？"

"时间不长，只有……"

"你该知道，我是最受不了被人窥视的。"

普里塔再说什么都没有用，便只好悻悻地将电视台的人打发走了。茗涵这么不给她面子，煞是让她不快。众人走后，她没跟茗涵说一句话便回了自己房间。

时光流逝到黄昏，茗涵的气消了。觉得自己也有不妥的地方，她准备好了晚餐然后去叫普里塔。她的房间竟然没人！打她的手机，居然在屋里响了。那就不该走远吧，走到阳台一看。好家伙，躺在车顶上呢！瞪眼睛看自己这么半天都没有反应？天呀，敢情是睡着了。茗涵慌忙下楼把她请回。

"我做事总是草率。"吃过饭，普里塔说，"不过这事我基本不是为自己考虑的。我之所以答应这个女主持，是想把她吸收进我们的美人帮。"

"美人帮？"

"我想我俩总不能一辈子就这么聊天喝茶逛街吧，总得做些什么吧？比如你重拾画笔。我构思，你来画。说真的，绘画技巧谁也不比谁高几英寸，关键在构思。"

"你以为画家就那么没有思想啊？你构思？我还真怕被你构进下流了。"

"那我每次构思前先用牛膝草洗洗自己。你不是说此草能洁净罪恶吗？"普里塔说，"总之，我们会干出点什么的。为了让我们的生活既宁静温馨也不失缤纷多彩。我们联合起来的都是漂亮而有成就，至少是有才情的女人。才男我们不要，靓男我们不要，钱男我们不要。什么样的男人我们都不要。我们不带男人玩。他们既软弱又自私，对什么只有猎人式追逐的乐趣。基本上，这就是我所谓美人帮的初步设想。"

茗涵含笑不语。

"你笑的时候我觉得踏实，你这一沉默我心里就没底。"第二天中午，普里塔焦急地对一直躺在床上的茗涵说。她又去烧了开水，把毛巾烫热。

茗涵脸色苍白，光滑的额头挂满了细密的汗珠。热毛巾刚一拿开，汗珠立刻又渗出来。

"为什么止也止不住啊？"普里塔说，丧气地把毛巾扔开。她在地上急走两圈，然后蹲下来，握着茗涵冰冷的手。她看着茗涵的眼睛："我真愿意替你受这罪。"半晌，她扭脸将头埋在茗涵胸前的薄绒毯上。

"睡着了？"见她半天没动，茗涵轻声问。

她还是没动。茗涵将她的头转过来。她生动美丽的脸，早被泪水打湿了。

"干嘛干嘛。"茗涵说，"看你这样，我还以为自己撒手人寰了呢。起来。我没事，真的。"

普里塔起来，坐在茗涵身边。

"我一来事儿就这样，经常痛得在床上打滚。后来索性吃止痛药睡过去。"茗涵有气无力地说，"这几年不怎么吃药了。我想这种痛存在着，就是人能承受的。怎么着肚子也不会痛掉吧。"

"那不是自虐吗？"普里塔说，"喝这茶那茶的养神经补记忆，这关键时候你的歪门邪道就不灵了？"

"我对精神比对肉体在意。"茗涵说，"这能疏导痛经的茶我知道的其实不少：金盏草茶、玫瑰茶、蜜蜂草茶……"

"你叫茗涵还真没白叫。"普里塔突然说，"我出去一趟你不反对吧？"

"如果你是出去买茶那免了吧，立竿见影的药都没有，别说立竿见影的茶了。"茗涵说，"要不是昨天晚上喝了啤酒，也不至于痛成这样。"

"我不死命劝你你怎么会痛成这样？都是我不好。"普里塔哀伤的语气转为坚决说，"我戒酒了，我宣布为你戒酒。"她用手把茗涵头上的汗抹掉，"我宣布戒酒了你的汗为什么还流呀？"

茗涵轻柔一笑："这是杯底残剩的几滴。"

普里塔把两手放在一起使劲搓。

茗涵微微一笑："俗话说'束手无策'，你这摩拳擦掌定是有办法啦？"

普里塔也不搭话，伸手就进了茗涵的裤子里，"天呀，这么冷？我还以为误闯南极了呢。"

"误闯？地道的入侵。"

普里塔温暖的手掌慢慢在茗涵的凉肚子上揉搓。

茗涵看着她："不用动，放在这里就好。"

那被暖着的不就是她的肚子吗？怎么会感觉热流在全身奔涌？怎么连眼泪都浮上来了？茗涵将眼泪逼回去。她知道它们回去了，因为她眼睛涨痛，鼻子、嘴都憋得难受。可为什么脸上还是泪流成河呀？原来是从抵着她脸的普里塔的脸上流下来的。

"喂？"茗涵稍微齉着鼻子唤。

"嗯。"普里塔应的声音比她齉。

"南极上空缺氧啦？"茗涵说，稍后她叹了口气，"幸福，所以竟有些怕，真想就这么和你跌到永恒里。"

"我不愿意，我看不得你这么痛。"普里塔说，泪眼婆娑，"我倒是也怕，怕你会死了。"

"只是经痛又不是难产。你的手好热呀。"

"那是我的心热。"

"用我们中国话说，手脚热的人是因为有人疼。"

"你疼我呀。"普里塔说，"可是，我也疼你呀，你怎么还这么冷？！"

"我是保温杯型的，外冷里热。你是热水袋型的，里外都热。"茗涵说，"原来我也经常用暖水袋暖肚子。"

"我比暖水袋如何？"

"和什么都一争高下？你比热水袋多点人味儿。"茗涵婉弱一笑。

"你骂我？"普里塔假意痒她，却见她疲惫地开始睡了。

不知过了多久，茗涵醒过来。黄昏和夜晚间暧昧的灰黑笼罩在屋里。这在她该是迷惘的时分，因了塔塔，开始温暖醉人。晚归的飞鸟在窗外的树上落下了。倦鸟厌飞,她的心也不想漂泊了。她以为云彩的命运就是漂泊。她忘了它们也可以化雨而落。她游荡的孤单,习惯的寂寥,多么困难地辗转凝结成今天的幸福。她看似不停地走,本质上却是那么的墨守成规,玩偶一样僵死。

那第一个在她生命中自由穿越的人不在。是在准备晚饭吗?茗涵走到厨房,晚饭已经美美地扣在那里了,可人不在。茗涵正想去阳台探望时,门轻轻被打开了。

"只买到了金盏草茶。"普里塔歉意地说。

茗涵笑笑。言语怎么能说出她心底的感动?

暴雨倾注,窗外小街瞬间成河。茗涵正看《一个受到挑战的国家——'911'事件及其后续的图像化历史》时,手机响了。

"茗涵……"普里塔用打颤的声音叫。

"怎么了?"

"你怎么也不往窗外看看?"

茗涵立刻扔开手机,推开窗。但见落汤孔雀一样的普里塔正举着牌子站在大雨里。

"你干吗呢?"茗涵喊。大雨倾斜着扑过来。

"你看,你看。"普里塔仰头大叫。

"我看什么?你赶紧上来!"

"我要对你说的写在这上面了,我保证做到。"

"你做到什么?"雨中的湿风呛得她咳嗽了两声。她忍住了又要上来的咳嗽喊,"字那么小我怎么看呀?你上来我才看得清。"

这下普里塔听话了。

"要示威也得选个好天气呀。"茗涵把浴巾扔在普里塔身上,将她手中的大牌子接过,生硬地贴在墙上。没有放好,大牌子倒了,翻扣过来。

竟然是普里塔前某任男友给画的那张肖像。

"我要你看的是这面。"普里塔又把大牌子翻过来。钉在上面的木棍已经歪斜了，普里塔将它活动活动掰下来。淡棕色的胶合板上是蓝色的字：茗涵，我发誓为你戒烟戒酒。

"你真让我哭笑不得。"茗涵盯着她看了一会儿说，"烟可以戒，酒不必。"

"为了使你生存的空间更洁净，我宣布彻底戒烟。既然你说酒不必，酒也不能对空气质量造成大伤害，那我们高兴时不妨喝几杯。"

"别废话了。"茗涵说，"赶紧去洗个热水澡。"

"看我被雨浇成这样你心疼吧？"普里塔边进浴室边说。

"心疼？我恨不得从楼上再浇你一桶水。这个都不解恨。我都想去借高压水龙头了。这大雨天在家看看书听听音乐不行？起妖蛾子去淋大雨？怎么想起这自虐的招儿？"

"'在雨中发誓为你戒烟戒酒。'不是张心得那首歌唱的嘛。我以为中国的恋人表达自己的决心都要这样呢。"

"什么张心得，人家是信心的信，哲学的哲。"茗涵看了她一眼，"歌里写的，你也当真？"

普里塔开始脱衣服。

"水还没放好，先别脱，小心感冒。"茗涵立刻又改口，"湿衣服，赶紧脱了吧。洗个淋浴得了。"

"不嘛，我就要洗盆浴，你帮我放欧石楠。"

"以后不用欧石楠了，我看越治越糟。人家风湿也就腿里有点风。她呢，整个人都疯了。大雨里仰头狂喊'你看，你看'，我还以为这雨是她下的呢。"

"就疯就疯怎么了？"普里塔故意把脸伸过来。

"你在牌子上写的那些字，没被雨淋花我倒觉得好奇。"

"人家用的是防水指甲油嘛。"

"那得费多少钱呀？"茗涵说，"明年夏天，你指甲的着装费取消了。"

"明年夏天，你还会在我身边吧？"

茗涵看了她一眼说："赶紧洗澡吧。"

十七　没有新娘的订婚宴

"阿伦回到马德里了。"在哥伦布广场的儿童乐园看孩子们游戏时，普里塔突然说。

茗涵说："呵。"

"我的英雄壮举阿伦也看到了。"普里塔得意地晃着头，"看到我出现在电视画面上，他第一个反应是我被绑架了。然后，他奇怪地想到我是恐怖分子。"

"你尝试的职业太多。"茗涵笑，"阿伦以为你又改行当恐怖分子了。"

"什么呀？"普里塔轻捶她一拳说，"阿伦当时正在印度。神志不太清醒。"

"神志不清醒？又怎么了？"

普里塔学阿伦的样子："真的，我的普里塔，你说我喝了两杯白兰地就找不到家了？这在我的历史上可是首次。不至于吧？我不肯相信，在刚刚降临的新德里的夜幕下使劲睁大眼睛。昨天这里还是门呢，今天就变成了墙？我不相信地伸出手去。你以为你摸的墙，结果却是大象！请运用一下你丰富的想像力！但是，因为多喝了点便找不到家，这在我的历史上是没有的！这里正是我要找的酒店。你猜的没错。是的，是的，是大象，两头大象把酒店的门给堵上了。印度真是动物的天堂。猴子、狗，什么都受到保护。人们甚至连地上的蚂蚁也喂！就在摸了大象之后，我在电视上看到了我的普里塔，我第一个反应是你被绑架了。然后，我奇怪地想到你是恐怖分子。我以为你做什么都出乎不了我的想像。你却冲出了我的想像！你真是我爱的女人。"

"阿伦没接着夸你两句？"

"'我真没想到我美丽的普里塔还这么勇敢，而且智慧。'"普里塔仍学着阿伦的神态语气，"'是什么让我的普里塔这么勇敢呢？'"

"你怎么回答的？"茗涵粲然一笑。

"我说：'我当然勇敢无畏，因为茗涵是我的爱人。'"

茗涵的笑刹时冷清下来。

"阿伦听我这么说，一时没有反应过来。然后，我告诉了他。"

"跟男人不同，女人间可以手拉手走在街上，可以很亲热。所以她们间的爱情不易被人察觉。"茗涵说，"阿伦看不出什么的，你何苦要告诉他？"

"告诉他？我还要告诉内德呢。我准备跟他说，我要和你生活在一起。"

"那我们什么都没有了。"

"只要有你，我不再要求什么。"

"没钱，我们怎么生活？"

"我会马上找到工作的。你懂语言，你也可以工作。"

茗涵脸色苍白。在茗涵，在很多人，用生命去爱一个人与决心和这个人一起生活并不是一回事。原因不是别的，只是没有勇气，没有对自己的信心。

"你对我就像古根海姆艺术博物馆之于毕尔巴鄂城。就如它给这个城市带来奇迹和奇幻一样，你也让我重放光彩。你沉静却激扬，温婉却有力。你给我的感情太有力量，让我不能隐藏。"

茗涵沉默无语。

"过双重生活的人本质上都是懦夫。"普里塔以她少有的冷淡表情说，"仿佛她试过后知道自己改变不了现在的生活。事实上她根本没试！连想都没想！她把激情的棱角悄悄地弯过去，藏在自己的内心，表面上仍过着平静如水的生活。她会找借口说别人碰上这样的情况也会这么做，其实她根本不了解别人。她也不了解自己。她根本都没有面对自己。不敢！所以我说她是个懦夫！"

茗涵的沉默熄灭了普里塔激昂的语气。她稍微平缓了一些说："你寄身在你并不喜欢的生活里。我不明白，实在不明白，既然你不喜欢，为什么不一脚把它踢开？"

"难道你能踢开自己的历史吗？"

"你千方百计想稳住自己的生活。可是，你稳不住了。"

"什么叫稳不住了？我最恨别人对我威胁。还有，下次如果你想发布涉及我的消息，最好事先和我商量一下。"茗涵说完掉头便走，她以为普里塔会过来拉住她的。普里塔没有。

晚上10点半，门铃响时，茗涵以为普里塔终于回来了。她冷淡地把门打开后，吃惊地发现门外竟是阿伦。自己真是糊涂了。普里塔是有钥匙的。

"茗涵，为什么？"阿伦进门，都没坐下便急吼吼地说，"是那天在我家里我那么深情地给你讲起普里塔让你妒忌了吗？然后，你就想占有？你怎么能这么做？你知道她对于我的意义。"

"喝点什么？"

阿伦摇头："我不止一次见过老内德和你。你们在一起很和谐。能维持这3年的婚姻，也说明你不是同性恋。不要为一时的好奇迷惑了心灵。"

"我没有。"

"那又是为什么？为什么这世上我唯一想要的，却被你不声不响就占有了？为什么？为什么呐？"

"既然你这么固执地问，那我不妨告诉你。你不知道普里塔为什么一直不能接受你吧？其实你早把她感动了。可是，接下来，她得知你和巴黎的某任市长共度良宵。"

"天！"阿伦喊，"原来是这么回事！"他在客厅慌走了两圈，在沙发上坐下，"我向你保证我不是同性恋。我和男人有过亲密接触，我承认。我只是想尝试，我怕这世界有我不了解的东西。所以我理解你。是一时的好奇，至多是冲动。然后呢，是无尽的后悔。我把我的经验告诉你，使你不致于在错路上越走越远。"

茗涵冷着脸，没有说话。

"在人类的任性和放任中，把伪人性的一面弄了出来。"阿伦说，"我是在一个性派对上认识那个市长的。我们都带着女友……哎，算了，算了，我不想提这个了。"他稍微停了一会儿，然后说，"我说过，世界上的东西都是有反作用力的。这沉沦的结果，最后，在你没有意想到的某一天，像爆竹一样当地在你头顶炸响。而这时的生活，除了无尽的长路外，不再有别的。不再有阳光、玫瑰、舒心的乐曲。我之所以还在苟活，只因放弃不了普里塔。"

茗涵用很复杂的眼光看了看阿伦。

"如果你把普里塔还给我，我保证永远不会对老内德讲这件事。"

"我最不怕别人威胁。"茗涵淡笑着说，"你想告诉谁，尽管去告诉好了。"

"这其实是我最大的失败，我又能把自己的失败告诉谁呢？"阿伦离开时，怅怅地低声道。

茗涵很清楚普里塔不喜欢阿伦。但看到阿伦，神气活现虚荣骄傲的男人终于低下头时，茗涵觉得对他不起。朋友妻不可欺，朋友之拼命要追的女友，就能横刀夺来吗？阿伦倒也不算她的朋友。那是内德的朋友。一个人不可能因为婚姻，就和对方共有一个朋友。何况不是那么融洽的婚姻。可是，为什么，我们理由的坚硬里总含着行动的犹豫呢？这之后第五天，接到阿伦订婚典礼的邀请函时，茗涵一时不知怎么办才好。

茗涵最后还是决定不去。不管阿伦仓促地选择和谁结婚，都与她无关。在电话铃响，她又一次错认为是普里塔而接起来时，听到的却是阿伦的声音。仿佛什么都没发生过似的，阿伦力邀茗涵出席订婚典礼。"聪明人不会因为别人的错误而伤害自己。"茗涵试图规劝一下他说。结果阿伦倒开起了玩笑："承认自己错了？"茗涵也便笑着说："老花花公子终于要结婚了？"然后问准新娘是谁。阿伦说来了便知道。茗涵说这几天身体不适，可能去不了。阿伦说"见了老内德你会好的"。茗涵想了一下，说行。

还是该在见面前和内德联系一下，进阿伦家之前，茗涵打通了内德的手机，内德人还在伦敦呢。

"阿伦说你来参加订婚典礼的呀。"茗涵一时吃惊，怀疑阿伦是用内德哄她。

"我是推辞了好些事准备去马德里，可突然又有急事了。"内德说，"你跟他抱歉一下。他这么没有计划突然袭击也别怪我抽不出时间。好了，你好好玩吧。"

"送你的礼物，祝你幸福。"茗涵把一套法国巴卡拉产的水晶玻璃杯递给阿伦说。

阿伦说谢谢，笑着接过了。

阿伦的客人十分繁杂。露西也来了，又叫又嚷的。又老了差不多两季，这女人还是那么做作。大家端着冷餐和酒，互相打着招呼。

茗涵看到普里塔了，还没想好怎么办，笑容却率先出来了。普里塔挤过一些人，来到她身边。

"又不是你订婚，你干吗穿这么漂亮啊？"茗涵问。普里塔穿了件黑色的法国浪凡牌蕾丝礼服，摇曳多姿。

"不想被任何人比下去。"普里塔说。

"新买的？"茗涵瞄了礼服两眼。

"哪里？以前的。"普里塔看着茗涵，"今天趁你出门时，我偷着跑回去一趟。"

露西站在三米外的地方盯着她俩。

"你注意到她那对巨乳不一样高吗？没做好。"普里塔坏笑，"也难怪，世界上只有一座喜马拉雅山嘛。"

"小点声。"茗涵说，"小心雪崩。"

"要不是看你穿这身衣服，我还真以为新娘是你。"露西走到普里塔身边说。

"你对新娘是谁好像非常感兴趣。"普里塔应。

"那是。"露西说，"我还以为他娶不到你这辈子就不结婚呢。坚持这么多年了，却要放弃，可真可惜！"脸上有无限可惜表情的露西却又掩饰不住好奇，"你知道新娘是谁吗？"

"我猜可能是你吧。"普里塔笑着说。

露西哼了一声。正想说什么，乐队又开始了短暂休息后的激烈打击乐。

"这音乐使人有暴动的冲动。"露西说，"这适合订婚的气氛吗？"说着，气冲冲穿过人群过乐队那里去。她说着什么，但剧烈的声光仍旧满屋乱窜，主唱还扭唱得像吸毒一般。他穿着袖口是喇叭状的女式白衬衫，坦胸；他头戴金冠，披肩卷发上半部是黄色的，下半部是红色的。

"这气氛确实不太适合订婚。"茗涵说。

"美国人嘛。"普里塔应。

露西好像叫起来了，但乐队还在忘我地演唱。露西环顾左右，冲到高音鼓手后面，把电源给拔了下来。就像在静寂中有什么突然炸响一样，这闪电迅雷般的音乐突然停下来也同样让人愕然，尤其对乐队来说。

"女士，您怎么了？"冲出音乐伴奏，终于也停下来终于也明白过来的主唱望着露西问。

"小伙子们，我知道你们占领的地盘很广。可这是订婚典礼，你们的音乐与之不协调。"

"我们是人家花钱请来的，人家让我们唱什么我们就唱什么。来，我们继续。"主唱对高音鼓手打了个响指。高音鼓手接通身后的电源。

露西再次给拔了下来。

"她的家长在不在呀？"主唱大声问。下面大笑。

"你们一直这么唱，使大家把主人都忘了。这是订婚典礼，可到现在，我们连新娘是谁都不知道。"露西说。

"该让你知道的时候，你会知道的。"主唱说。

"我怀疑发生了什么事。阿伦不在已经有56分钟了。"露西用深感忧虑的表情说。

"她这么关注阿伦，阿伦真该换她当新娘。"有人说。大家便又笑了一阵。

"我建议大家去找找阿伦。真的，我有预感，可能会出什么问题。"露西保养得很好的双手在空中比划说。

"这是阿伦的家。"下面有个男人说。

"在家里被杀的难道少吗？"露西不屑地问。

"你的意思是说阿伦已经死了？"有人发出疑问。

"不是，不是。"露西摆手，"可是，难道你们没有觉出这个订婚典礼有什么蹊跷吗？”

　　经她这么一说，大家还真觉得有些不对劲。于是开始找阿伦。找了一个多小时，最后，同样是在露西的分析判断里，大家在酒窖里找到了阿伦。穿着玫瑰色西装的阿伦，伏在一台榨葡萄机旁，已经昏睡了。在露西的剧烈摇晃下，他强睁开惺松的一只眼：“干吗？”

　　“怎么了，阿伦？你为什么在这里？发生了什么事？是新娘，准新娘跑了吗？”露西说，“这不是你一个人的失败。这年头这事多了。”

　　“不是跑了，是还没有来。”阿伦的两眼都睁开了，语无轮次地说，“就没有新娘，准新娘。正准备找。”

　　“巴斯卡尔，”露西突然说，“你去阿伦的衣橱里给他拿件长裤。”

　　大家这时才看清：阿伦玫瑰色的西装上衣下面，却是条有条纹的齐膝百慕大短裤。

　　“哎，奇怪，我来时明明看阿伦是穿一身西装的。”有人说。

　　“一定是有什么事。”露西千真万确地说，“酒，单纯的酒，是醉不倒这个男人的。”她让两个男人把阿伦架回去。

　　露西亲自冲了蛇麻草茶、紫罗兰茶。也用了别的办法吧，反正软醉的阿伦站了起来。

　　“刚才你说的新娘没有来，正在找，是什么意思呀？”露西问。

　　“既然这位女士固执地问我新娘是谁，那么我们来找一下，然后，让我把这祖传的戒指戴到她尊贵的手上。”阿伦说着，从西装左边的口袋里掏出小盒，用他苍白而略有颤抖的手把戒指拿了出来。

　　“不会是谁能戴得了这个戒指，谁就是新娘吧？”大家猜测。

　　“是的，正像有人猜的，谁能戴得了这个戒指，谁就是新娘。”阿伦说，酒红的脸上涨着笑。

　　在大家一阵交头接耳后，阿伦高声说：“女士们没有必要看自己的手了，因为适合这戒指的人我知道是谁。就是那位穿黑色蕾丝礼服的女士。"

普里塔像众人一样东张西望。

"别瞎瞅了，说的是你。"茗涵说。

普里塔这时才发现大家的目光都聚到了自己身上。"这算什么？幸运抽奖吗？作弊的幸运抽奖？"她惊愕、气愤地望着阿伦说。实在是惊愕，所以她任由阿伦把戒指戴到了她的手上。

"这该是历史上最冒险的一次订婚典礼。对我而言的冒险，因为我不清楚这女士能不能答应我的求婚。尽管我追她追了18年，尽管她和这位漂亮的女士有不正常的性关系。"阿伦指着茗涵说，"尽管她们今后还可能保持这关系。"

"什么叫不正常的关系？！我和她相亲相爱。"普里塔清醒过来，把手上的戒指捋掉，扔开。戒指可能价值连城，但它太轻，发出的声音太微弱。

"我和这女人生死相许。"普里塔走到茗涵身边，大声对众人说，"我们将生活在一起。"

茗涵正常的情绪慢慢回来，不再想纸牌的事。"现在好了，全世界都知道了。"她压低声音对普里塔说。她的生活早已不单纯了。还要应接这些？！

"那又怎么样？"普里塔倔强地问。

为什么这不是夏初的那个聚会，好让来不及见到普里塔的茗涵悄悄溜走？为什么不是初夏的聚会，玫瑰盛开，青青的草地上，塔塔把甜美的蛋糕喂到她嘴里，而蜜蜂也知道抖着它透明的翅膀把一口可爱的蛋糕托起？为什么时光不能停在那里，停在她们有幸认识，却来不及开始的时间内？停在她们有美妙的相识，却可以不承受负担，不承受今后变却

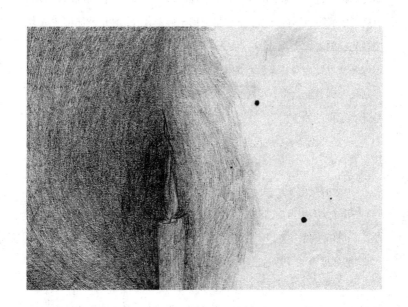

的醉意里?

　　就像她和普里塔在突尼斯玩的皮划艇。恐怖的是翻船前的想像,翻船时的惊恐;一但船真的翻了,才发现事情不过如此。在周围的人都知道后,事情往往不再可怕。不把精力用于掖着藏着,她也就能把注意力用在问题的解决上。"我和这女人生死相许。我们将生活在一起。"那只不过是普里塔面对扑来污水的本能反抗,试图清白这关系的随便说法。当阿伦来到茗涵这里,跟两个女人道歉时,面对普里塔的激愤,茗涵更是证实了自己的所想。

　　"我和茗涵的事,是我的隐私。即使我告诉了你,你也没有当众公布的权利!"

　　"那天我喝醉了。"

　　"喝醉就不用为自己的行为负责吗?何况我听你说的字字句句都很清醒。"普里塔突然一笑,"倒也谢谢你公布了这消息,我不用自己去说了。"

　　"那你那天的反应过激了。"阿伦也笑着说。仿佛下了什么决心,他说:"上次我来这里,听茗涵跟我说,你之所以一直不能接受我,是因为得知我和巴黎的……所以我想,你走到今天这步,是不是因为我呀?而我,又怎么才能补救呢?"

　　"你这么聪明的人,怎么能问出这样愚蠢的问题?如果你能回到当时,补救还是能的。可是,你不能回去。我们谁都不能。"普里塔说,"那些伤害就在那里,你怎么说它还是在那里。"她望了一眼茗涵,又转向阿伦,"我也不会再怪你。慢慢长大,我确实理解了。我们都需要面对人生中的黑暗。有时,你和死亡,那种能由我们自己掌握的死亡,就差那么一点点。微弱得就像蜡烛上闪烁的火苗。往左边一点就是生,往右边一点就是死。我们自己无法面对,无法解决。有些时候,确实是一个同性能给我们带来心灵上的安慰和温暖。就像一个人找到了自己。不会变的,永不会变的，让人安心的自己。"

"我想我不致于有能力把一个人变成同性恋吧？"阿伦又回过劲儿来似地，"跟你自己所处的环境也有关。你做模特儿的时候，周围有很多同性恋化妆师吧。"

"是的。"普里塔说，"我当时不能忍受这个。那时有个顶级女摄影师对我有兴趣。我不说名字你也能猜出来吧？我给了她一个耳光，把我到手的机会扇走了。我改变对同性恋的恶劣印象是从一次聚会开始的。我和一个女伴误闯进一个女同性恋聚会。同性恋没有三头六臂，不是青面獠牙。她们聊天、吃饭，跟正常人一样。她们甚至都是漂亮的女孩。一个女孩，那么美，那么安静，那么痴情地等她的伴前来。她的伴来了，带给她玫瑰花。感觉很美。我是用外人冷静客观的眼光看的。我没有爱上她们中的任一个，只是觉得很美。我后来还看过男同性恋的录像带。很恶心。像对女人一样，男人最关心的还是身体的快乐体验。而不是那种心灵上的交流。"

"那你的感觉也有偏差。"阿伦说，立刻解释道，"不是我，是我一个朋友的感受。我不是同性恋，我只是一时好奇。"

普里塔淡淡笑了笑："我和你一样，是自私的人。你习惯把这个叫尊重自己的感受也好，叫其它别的也罢。所以，我不会因为你的伤害而报复，最后损伤自己无辜的身体。我不清楚自己是不是同性恋。我对其他女人从未有这种感觉。是茗涵唤醒了我身上最纯洁的爱。有的人只爱过一两个人，但他身上没有纯净的爱了；有的人爱过不少人，但她的爱还是无暇的。"

"不是对社会对异性失望后消极的反抗。只是某人和某人，在错综复杂的命运之路上，必然的相遇。我和茗涵属于这种。"普里塔强调。

"我先出去一会儿。"茗涵说。

"你走什么呢，茗涵？"普里塔拉过她说，"就是上帝此时在我面前，我也要这么说。”

“我倒真希望他在，好告诉我该怎么办。”阿伦苦笑了一下，“很多年前，你因为我是个'同性恋'，你不了解情况的同性恋而拒绝我；很多年后，我却不会因为你是同性恋而不接受你。我再退一步，我和你一样接受茗涵。在我们家里也给她，甚至你们准备房间好吗？你们可以想想，不是一点好处也没有。我多说也就再能活10年。真的，我有预感，我活不过60。我死了，所有的一切都是你们俩的。”

“我不会寄居在别人的生活里。”茗涵淡然地说。

“听她说了吗？我们不会寄居在别人的生活里，我们需要纯净的爱。我们没什么经济基础，但我们有双手，也有足够的智慧。”

“那么，你们告诉我，我该怎么办？”阿伦叫。

“这不是我们的事情。”普里塔冷淡地说。

十八　寂寞伦敦西区

屋子里弥漫着淡淡的灰尘味。

难道内德不在了？茗涵心里滑过一丝疑问，她经常怀疑生命会突然离开。一辆车以惊人的速度驶过她，或一阵晕眩突然袭击了她，她便想：我终于以这种方式离开了。当然事后她还是那么麻木地立在那里，没有离去。她怀疑自己，也怀疑别人。

这房子是婚后她千挑万选的。家具、摆设也都是她一一淘来的。像很多女人一样，她不爱自己的丈夫，却把家布置得精致、典雅。不说家具、摆设，她的餐具都是"沃特弗德·韦奇伍德"的骨瓷餐具；要是银器，那都选自"马宾和韦伯"。那饰有都铎时期风格花卉图案的桌布，那有维多利亚时代花纹的餐巾都是来自"旧时光"。跟那些不爱丈夫的女人不同的是，她不常在家，基本不在家。幸福的人不远行，内德知道给不了她幸福，也就同意了她的旅行吧。也许不爱使得很多事情变得容易。

打内德办公室电话，没人接。再打手机，没人接。他们都不是满世界去找对方的人。茗涵收拾了一下，睡了。第二天中午醒来再打，还是没找到内德。她是秒针，不停地走；而内德是那钟盘，就在那里呆立不动。今天是怎么了？她站到窗口，想着该怎么办。

秋天的阳光照着海德公园。落叶飘零,绿草依依。再往右边过去几步,从客厅的另扇窗户,可以看到海德公园与肯辛顿花园交界的九曲湖。传说雪莱的妻子在此自尽,当时她还怀有身孕呢。不知是什么原因让雪莱遗弃了她。那样的时候,怀着孕,被丈夫遗弃,确实是死路一条。现在的女人就想得开了。婚前我同居;我还堕胎;我不仅做,我还自爆隐私呢,饭岛爱的写真一下子卖了100多万本。你说现在的女人算是聪明了吗?

电话铃声吓了茗涵一跳。她擦着听筒上微微的灰,把耳朵贴了上去,是内德。

"我看了电话记录,昨天路上还顺利吧?休息得差不多了吧?"内德说,"如果方便,你到我这里一趟。"

去他办公室?这倒挺奇怪的。茗涵却还是同意了。

"我派司机去接你。"

"我倒想乘地铁过去。"

内德从不勉强她。

银行区站是伦敦最漂亮的地铁站。镶着大理石的地面,新得耀眼的墙壁。伦巴底街,伦敦的华尔街。往来的都是脚步匆匆的体面人。

"我一时有些为难该用哪种方式欢迎你的归来。"内德说。他有英俊的面孔,却无生动的表情。

走了将近一年,除了在阿伦订婚那天,为了私人目的给内德打一个电话外,她不曾和他联系。眼不见心便安,如今面对他,还真觉得有些理亏。可自己被绑架时,他不也毫无动静吗?茗涵想让他知道,以获得心里平衡,却又觉得说了也没意思,所以她刚说"上个月21号……"便停下了。

"那时我正在住院。"却听内德说,"所以最近住办公室,你不在,我也不用花力气来回跑了。"

她在,他不也就是跟她吃一顿晚饭吗?晚饭在哪里吃都无所谓,不吃也完全可以。

"怎么住院了？"

"突然晕过去了。也没什么，就是贫血。"

"那你还不回家休息一阵？"

"没什么，习惯了。"

秘书敲门后，微笑着给茗涵上了敦宁红茶。

　　那么，在自己被绑架的时候，内德也正受着疾病的困扰。她危难时想到了内德，可在把自己安顿下来之后，她竟然没有想到问问他。也可能是他的死活。她知道自己不爱他。可没想到会这么不爱。除自己所谓的自尊外，她也是一点都没有想到他会出问题。难道他真是呆立在那里的钟盘吗？

　　从窗口可以看到圣玛丽勒鲍教堂。据说只有在它的钟声传得到的地方出生的人，才是真正的伦敦人。那么内德该是吧？虽然他父母生下他不久又搬回利物浦去了。内德是过去的伦敦，不是发展的、现在的伦敦。冷静、压抑的伦敦，小酒馆里同样挤满了下班后的红男绿女；内敛、刻板的伦敦，后来也发展成了朋克、流行音乐、足球、赌马的大本营。伦敦恋童癖最多，伦敦性泛滥。伦敦和世界合拍，强调速度，打破规范，标榜自由。虽然它的面容还是那么老旧。也许这是伦敦的两面性。而内德，只有一面。那么真实、没有掩饰的内德，自己为什么爱不上呢？

　　"最近伦敦有什么好玩的？"

　　"布什来访，民众游行。"内德说，"还有，色情艺术展"。

　　"你怎么还关注上了这个？"

　　内德哼笑了一下。苍白的笑容闪过去后，内德说："晚上我请你吃饭。"

"我也可以用你的钱请你吃饭。"茗涵说。她处处强调那是内德的钱。她那种淡淡的语气似乎还含有讽刺的意味，仿佛内德有钱是什么罪过一样。虽然她花起钱来让人看了有解恨的感觉。她也挺痛恨自己这点的，可没有办法。

内德是谦让的，这点远胜于她。内德没有说话。

"去吃中餐吧。'翠亨'怎么样？我想吃那里的罗汉上素和翠亨窝面。"茗涵说，有些小女人撒娇的样子，却一闪即逝，"不去了，那里的态度太恶劣。要么去'辣印度'？就在咱家附近，玫瑰园那儿。我和一个女朋友去过。"虽然不爱内德，她也不想惹麻烦；在提起自己不多的朋友时，她无意中总加上"女"，虽然事实上她的朋友确实几乎都是女人。现在，说起'女朋友'时，她忽地想起了普里塔。微微的昏惑。

内德清了清嗓子，没说话。

"要不去'梅卓'吧。那是年轻人的天堂。那里有用培根包着的兔子肉，是用大蒜入味的，还不错。"

见内德还是没说话，茗涵像是没话找话般地说："那么梅卓了？在索霍区。"话音刚落，茗涵顿感不自在。十年前的索霍区是色情地。现在，虽还可看到，但更出名的是风起云涌的时尚餐馆，入夜后的那里是年轻人的天堂。茗涵不自在的当然不是这个。她突然想到的是：索霍区同性恋酒吧也十分有名。

内德当然想不到这点，但他好像不怎么高兴，有些嘲讽般地说："还用你给我介绍伦敦吗？"随即他的语气转为正常，"是的，我对伦敦丝毫没有你熟。"

茗涵没说话。

"听人说过梅卓。装饰十分的摩登，出入的都是俊男靓女，很酷很炫的人。"

"是不适合我们。"茗涵说，"还是老地方吧。"

内德在海报跟前停了下来。

"这是暴力美学的经典剧，曾被禁演很长时间。"茗涵说。他们站在
Edelphi 剧院前。《芝加哥》正在上演。

"我知道自己的生活太枯燥。"内德说。

"要不过一阵去宫廷剧院看《悲惨世界》吧，你可能会喜欢那个。"
茗涵说。她猜内德会喜欢是因为她想他怎么也会读过小说《悲惨世界》。
可是，也不尽然呀。他们的背景、成长之路完全不同。在她看《悲惨世
界》的中学时代，谁知道内德在做什么？可是，她为什么不能谈谈内德
感兴趣的话题呢？比如"老妇人"，比如"无户籍货币"。这些都是跟普
里塔学的。

他们走到南安普敦街。进去，左边第一条巷子，他们来到鲁尔斯餐
厅。红底金字，鲁尔斯的旗子在深秋的风中舞了几下。这是家有 200 年
历史的正宗英国餐厅，典雅幽静，墙壁上满满地装饰着画和勋章。

"你要是开家中餐馆，我立刻动员马德里旅游协会给你颁个'金牛'
奖。再让法国 Michelin 指南给你颁发两副刀叉和一粒星。"不知怎么，茗
涵忽地想起普里塔的话，也想起她说这话时的表情。

服务生见了内德，殷勤地招呼："牛肉加约克郡布丁？"

内德点头。那是传统的英国菜。

茗涵点了鲑鱼。

饭后，茗涵点了覆盆子松软蛋糕。想起普里塔，又点了太妃布丁。

天棚上的老式电扇老实地停在那里，夏末的某一天。现在，气温只
有 6℃了。

"你挺奇怪的，居然把我叫到了办公室。我是要应聘吗？"准备走出
鲁尔斯时，茗涵终于没忍住说。

"我同意你出去旅行是因为我尊重你，不是你可能想到的把你打发

走，过我自己向你隐藏的放荡生活。要是那样，我没有必要和你结婚。"

"怎么会想到这个？"茗涵微蹙着眉头。

"你不在时，我也是这么勤勉地工作。"

"我知道。"

"你还是不大了解我。"内德说，"我承认工作是我生活中最重要的部分。这是我常年养成的习惯。除了这个我还真没找到生活中别的乐趣。所以我准备让你在我办公室住三天，看看我是怎么工作的。我那里有监视器。我在董事会时，去财务局时，任何时候吧，你都能看到我。"

又是三天！茗涵想，说："观摩你的业务，学习先进经验？"

"只想让你了解我。因为我除了在你面前，基本都在工作。"

"哈维和尼古拉斯"，伦敦人才去的百货公司。茗涵去伦敦人去的百货公司，去伦敦人去的餐馆。她的丈夫甚至在这里。但是，她没有家的感觉。虽然她把这个称作家的大房子收拾得那么精致含蓄，地道的英式审美。买了茗涵要买的东西，他们去顶层餐厅。这里的灯很别致。黄色的游泳圈一样，一个个从天棚上垂下。每个"游泳圈"上还镶嵌着一圈黄色小灯。熠熠的灯光照着五彩缤纷的椅子。这该是属于马德里的色彩，在冷峻的伦敦不多。茗涵要了寿司，内德什么也没要。茗涵又要了馄饨。内德还是什么也没要。午餐过去不过三个小时，但女人心情不好时胃口总是很大。其实心情也没有那么不好，但不开心。

"三天下来，闷坏了吧？"内德说。

"跟我想像的差不多。"茗涵说。她其实根本没去想像过内德的生活。

"如果你还想去哪里转转，我可以陪你。如果你也累了，我们回家。"内德说。

"回去吧。"茗涵应。

"抱歉用这么脏的屋子迎接你。"进了门内德说，"可我实在不清楚你

何时归来。你不在家，我也没有必要回来。"

茗涵本想掸掸沙发上的灰，但她不想强调自己离开的太久，便忍着灰坐下了。

"再喝点茶吗？"内德问。

"不了，谢谢。"茗涵说。

内德有些嘲讽地咧了一下嘴："很多时候，太多时候，我不太清楚你是我的什么人。"

茗涵也不清楚。

"我之所以提出过无性生活，是因为我觉得你兴致不大。"内德说，"如果你因为这个对我有什么看法，我们可以纠正。"

"那也没有必要。"茗涵说，"我觉得你兴致同样不大。"

"你心灵上的冷漠，比富家女的市侩更可怕。"内德说，"也有可能，我们互不了解。而无论采取什么方式也无从沟通。这也是一个人与另一个人的缘份吧。认识你前，我不信这个。"

茗涵没吱声。

"你也许和别人更有缘份吧？"

"你什么意思？"

"之所以请你去我的办公室呆三天，除了想让你看看我的生活，也是想听你对我说点什么。在这里，你能找无数个理由回你自己的房间。在办公室，你只面对着我，总该说点什么。"内德歇息了一下说，"这其中也有我的惶恐。我们结婚以来，连续相处都没有超过两天的。我不知道比两天再长一天的三天，我能做些什么。我怕在这里会出现无所适从的局面，所以选在我有无数事情做的办公室。在别人看来，这难免荒唐，可这是事实。"

"为什么偏得连续相处三天呢？"茗涵轻蹙着眉头。

"三天是我自己定的一个时间界限。不连续相处，怕你被别的事情分了心，更不说了。可是，三天下来，你还是没说。”

"你想听什么呢？"

"我知道自己很乏味，可也不致于你宁肯面对一面墙也不愿面对我吧？"

"有什么话你直说。"

"'你娶这个女人到底是为什么呢？'有人这么问我。我不太跟人交往，可还是有人这么问我。我笑着说'她喜欢旅行，我也愿意她在年轻时四处走走。'我看到你旅行归来很开心，我也很开心。你这样的一个女人在外面，有一些艳遇也是难免的。我知道你理智，能处理好这些问题。所以我在想起你时，都在想'她在外面快乐地旅行'。我从未想到有谁的电报会追过来。"

"谁的电报？"茗涵颇感惊疑。

"他可以发电子邮件，他甚至可以给我打电话。私下解决，那是我喜欢的方式。这种方式下的问题，我也可以考虑接受。可是他拍来电报，急电，就在我于董事会上发言的时候！"

"你说的是什么呀？"

"我想你该明白吧。"

"我不明白。"

内德哼了一声，从灰蓝色的西装口袋里掏出一片纸扔给茗涵。

"'我欲与茗涵同结百年之好，请您同意。'他以为我是谁？你的父亲吗？"内德叫，端起茶几上的咖啡杯摔向地板。

茗涵疑惑地看了眼电报正文。当她看到这电报是发自马德里时，她的心狂跳着安静下来，继而她大笑起来。

"你笑什么？"内德感到莫名其妙，刚才似乎用错的愤怒倒飘散了不少。

"这是个玩笑。"茗涵说,"这是我在马德里认识的一个女朋友。"说着,掏出手机,拨通了,"你来验证一下吗?"内德接过手机,犹豫了一秒,按掉了。"在日常生活里,我只有平常的胆量。"他说,"我不想面对什么考验。"

令人头痛的问题最后终于解决的那刻,总是恹恹。就像每次旅行归来,面对这漂浮着一丝亲切的生疏的家的厌倦,就像对这伦敦就要到来的三点半就天黑的冬天的厌倦。在圣克莱门特教堂后面,有其雕像的约翰逊曾说"厌倦了伦敦的人,也厌世了。"可是,厌倦了伦敦的人,却那么喜欢马德里呀。

"你这次多休一段。"内德仿佛下了决心般说,"我正考虑下次陪你出去。当然了,我不能像你那样几个月几个月地呆。如果你愿意我一起的话。"

"我倒准备去工作了。"

内德微微笑起来:"这可新鲜,准备什么时候去?我给你安排。"

"我自己去应聘,中国人只能进中餐馆的时代也该结束了。"茗涵说。她说这句是以内德的情况来分析的。可就在说出这句之后,她突然想到内德已经是第三代伦敦人了。所以她马上改口,"在中餐馆端盘子也没什么丢脸的,那也是通过自己的劳动挣钱。如果我在那里碰巧看到你和别的朋友,我会当自己不认识你。反正你的朋友我认识的又不多。"

"每次我给你帮助,却总好像是欠你的。我真不明白,一家人,你干嘛还这样?"

茗涵刚想说什么,手机突然响起来。"茗涵,"马德里的普里塔说,"看到这个号码没想到是我吧?这是共用电话。我手机刚刚没钱了,就跑到共用电话给你打。"

"对不起,您打错了。"茗涵礼貌地说,将电话挂掉。又趁内德不注意的时候,把手机关了。

十九　绝望的泰晤士河

伦敦的秋日有淡淡的雾。雾中的茗涵是淡愁的心情。伦敦的交通极为复杂，往往是开了几年车的人，还要随车准备个大得吓死人的地图册。喜欢简单的茗涵不喜欢在伦敦开车，更愿意信步闲逛。反正公共交通四通八达，黑头出租车也满街都是。信步闲游，在这里的生活真和她在别处没什么区别。她从滑铁卢地铁站出来，去了影像博物馆。没有什么特别想看的电影，她就在44个房间中随便挑了一间，结果是无声片。她想起自己和内德的生活，其实也是默片。她看着屏幕上的默片，假想着自己拍的电影。名字都想好了：《我们今后的婚姻生活》。也可以来个更朴实的：《我和内德的生活》。

日子悠然而过，不觉已有两周。像那些处在感情摇摆中的人一样，茗涵也没有特别的决心。她拿不出来。因为今天下了决心，明天又被推翻了。她知道自己下不了决心，所以就停在那里。仿佛有谁，亦或就是时间能给她解决问题似的。也不能总逛街，呆在家里无事做的这天，她甚至给内德做了一顿饭。"你还有这么好的厨艺？"惊喜的内德掩饰着自己的慌张。在多大的可能内这婚姻有被修复？还是他们只需稍做努力，就会有温馨的幸福？而普里塔此时一定是在焦灼中，自己却在培养和内德的感情，那对她又算是公平的吗？茗涵更怕被眼前的平和钝了意志，第二天又出去了。

她在海德公园逛了半天。从南门出来，她接着往南走。在快接近哈罗德百货公司时，她听到普里塔喊她。她回过头去。不仅出现了幻听，连普里塔的人她都看到了。她站在离自己仅有二十米的地方，穿着牛仔裤，白得耀眼的毛衣。这么冷的天，她就穿这些？在这一念之后，她立刻意识到普里塔追到伦敦意味着什么，她立刻惶惶而逃，普里塔在后面喊。她走得更快了。"茗涵。茗涵。"普里塔急切地喊，"茗涵……"茗涵回头，普里塔已经摔倒在地上了。那跪在地上的腿，突然让茗涵想起她腿上的伤疤。那么美好的腿上那么醒目的伤疤。茗涵心里翻腾起来，眼泪簌簌而下。她犹豫了一下，还是硬着心前行。她竟然给内德拍电报？！她竟追到伦敦来了？！自己稍微再一愣神，她就能冲进自己的家了！

她会不会摔坏？她自己能找到医院吗？茗涵又回过头去。普里塔瘸了，却还在追着。茗涵用苍白的手背擦了擦脸上的泪水，从容地走进哈罗德百货。

"凭什么不让我进？"茗涵听到她身后的普里塔高声问。

"请您看看第6条。"哈罗德的工作人员说。

"不准穿破洞牛仔裤进入"，茗涵脑子一转，想到了大门口玻璃上"8大不准"中的第6条。她悄悄回头一看，普里塔的牛仔裤果然在左膝摔出了破洞。

"我这是刚摔的，不是破洞牛仔裤。"普里塔生气地叫。

"那也是衣冠不整。请您收拾好了再来。"哈罗德的工作人员说。

"那你们把刚才进去的那个中国女人给我找出来。"普里塔说。

"我们没有这个权利。"

晚上她和内德看了一会儿BBC 2台，便各自回屋了。普里塔的电话

却来了。

"茗涵，我真没想到你会这么冷酷。你坐视我被这狗屁富人百货生硬地拦在门外，不顾我的心痛。我长这么大，还从未受过这样的污辱。"

茗涵语塞。

"你出来，咱们好好谈谈。"普里塔说，"你一去便杳无音讯，这算什么呀？"

既然她扰乱了自己的家庭，那么她总得给自己一些时间来弥补吧。虽然内德比别人少些感情，但他毕竟不是机器人。这样的解释没用，因为普里塔要的是结果。"不是你想的那样。"茗涵只轻轻地这么说。

"那我们更该好好谈谈。"

"明天好吗？我去看你。"

"我等不了明天。就今天，就现在。"普里塔说，"我知道你家的电话，也同样知道你家的地址。告诉你，我就住在你家附近。你要不出来的话，我就亲自登门了。内德办公室的电话，手机，我都有。"

"你这算是威胁吗？"茗涵说，"当这里有强迫的意思时，就不那么美好了。"

"对不起，我真不知该怎么办了。"普里塔软下口气，"你一去便没了踪影，我真是慌了。"

"你的同学董宾找过我，我把她骂走了。"普里塔说，"我不会放弃的。如果你执意放弃我，我就去勾引内德。"

"你不要以为天下男人都是食色的。"茗涵说，"你尽可去试。我走了。"

普里塔拉住她："那么我们该怎么办？"

"我不知道。"

普里塔松开茗涵，叹口气说："让你为难，其实是我最不愿看到的。如果你不能和我无忧无虑、开心地在一起，那么我的坚持也不再有意义。"

在普里塔的坚持里,茗涵意识到了些许强迫的意味带给自己的不快。可是,就在刚刚普里塔松口的时候,她也意识到了自己对她的不公正。只因自己没有彻底的决心,就让普里塔在命运的往复中痛苦不堪。"再给我几天时间。我会把问题解决的。"茗涵说,"要不要先给你换个酒店?"

普里塔坚持说不要。

"那你随便。"茗涵说,"明天一早我就过来陪你。"

第二天,茗涵早早赶过来。她说陪普里塔去逛逛街,普里塔说腿还有些痛,不想动。"看我糊涂的。"茗涵抱歉,"是啊,你应当多休息几天。"

让普里塔蛰居这里,茗涵有些不忍。一个女人,茗涵完全可以把她带回家。内德不会往别处想。可是,那样对内德的欺骗将是更无耻的。一个人没有权利对另一个人这么做。左边也不行,右边也不行,永远不得其所吗?她看似那么自由的生活,本质上,却都是为别人考虑的!必须痛下决心了,否则,这往复的钝刀首先谋杀的就是她自己!

普里塔腿不方便,茗涵便出去给她买了快餐:炸鱼片和薯条。"晚上咱们出去好好吃一顿。"茗涵说。普里塔看着她,没有言语。到了晚上6点,茗涵的手机少有地响了。更奇怪的是内德打来的,内德说找她有急事,茗涵便和普里塔匆匆告辞。普里塔还是什么也没说,屁股都没抬。茗涵在她脸颊上匆匆一吻,愧疚地赶紧走了。

茗涵还以为是什么事,原来内德是请她看中国芭蕾。《大红灯笼高高挂》。"内德说,"布莱尔都去了。"

这就是他评判事物的标准!不过他请自己看芭蕾倒还是首次,今后也不会有了。茗涵说"我在国内的时候看过这部电影。"也就没接着表态,简单收拾一下自己,和他去了赛德勒温泉剧场。

晚上回到家里,茗涵打普里塔的手机。普里塔哼哼哈哈的,十分冷淡。电话里也说不出什么安慰的话,茗涵决定第二天早些过去。不想内德早上离开家时,突然告诉她:"中午我和客户一起吃饭,希望你能前去。"

"你的客户我干吗去呀?"

"顺嘴说成客户了,其实不是。"内德说,"这人你也认识。"

"那我也没时间。"茗涵说。正想编点理由,不想闻听内德说:"是阿伦,他从西班牙来了。"

茗涵一惊。她不想自己的事是通过别人的嘴来告诉内德,她同意了中午的见面。

"我想告诉你一些事情。"她看着内德说。

内德看看表:"回头再说吧,我没有时间了。"

既然内德和阿伦见面时自己在场,那就见机行事吧。内德出门后,茗涵打电话告诉了普里塔。

舰队街,旧日繁华的"出版街"。全盛时期,有上百家报馆和印刷厂,后来都迁走了。只有《星期日邮报》还能辨认出往日气派的红砖老楼上,还写着"人民的报纸"、"人民的朋友",而内部都不再是报馆了。倒是还有路透社的办公室留在这条街的街尾。因为曾是英国报业的发源地,附近就自然少不了让男人们针砭时弊,附带着抽烟、喝酒的小馆子。那些依附于报业存在的酒馆,由副变主,成了这条街的特色。

茗涵比较喜欢这街上的皮派若瑞小酒馆。这是全英国第一家爱尔兰式酒馆,是 1918 年后改用的名字。在 1605 年,这家酒馆叫"公猪头"。这家店所在的位置最早是一家修道院,里面的修道士以善于酿酒而闻名。想到这点时也会想到普里塔,想到她说的能把修女勾走的菲利普·里皮。

茗涵进了"老柴郡干酪"酒馆。这是内德喜欢的地方。因为离他的办公室近,他中午有时在这里吃午餐。

内德已经等在里面了，他从不迟到。这是英国绅士做派的一部分吧。

"我和阿伦来过这里一次。"内德说，"你猜他说我什么？'你以为你来狄更斯曾最喜欢的酒馆吃饭，就是有文化的标志吗？'"

"你怎么回答的？"茗涵问。四下看了眼。

"我说'我从来没说我有文化，虽然我有知识。'"

"阿伦他人呢？"正问呢，内德的手机响了。

"要是你准备先游伦敦塔，你干吗约我吃午餐？"听阿伦说完，内德不高兴了。挺奇怪的，内德这样的人和阿伦还能成朋友。其实也没什么奇怪的，自己与他还是夫妻呢。放下电话，停了会儿，内德突然搓了搓手，有些兴奋地说："要不，我们去找阿伦？"

"随你。"茗涵道。

"那我们走。"内德说。

司机要到午餐结束时才会来接，所以内德伸手招了出租车。"威斯敏斯特教堂。"他跟司机说。

"干吗去那儿？"茗涵有些不解。

"阿伦还没有到伦敦塔。他乘的游轮马上要出发了。我们赶过去，不是很好玩？"内德有些压抑着自己说。

这是内德吗？知道威斯敏斯特教堂附近有去伦敦塔的游轮？有些东西，会在即将结束时突然放出光芒。茗涵感到心里隐隐作痛。

他们赶到码头时，阿伦所乘的船已出发，没影儿了。

"我们乘这艘，也没准会赶上阿伦。"内德眼光看着别处说，"打破常规，也算是浪漫的一种，你喜欢的吧？"

看不出这么"追"阿伦有什么浪漫的，茗涵想，但她什么也没有说。

夏日在泰晤士河上面兜兜风还不错，这眼下可真有些受罪。河面吹来的冷风使得茗涵的开口更难了。但是，一想到马上就将见到阿伦，自己的事有可能由他的嘴说出，茗涵便觉得非说不可了。阿伦约好了和内德共进午餐，突然又改去伦敦塔？也是有他想向内德坦露的犹疑在里面吧？而自己，向内德隐瞒的压力也一日重似一日，开始让她透不过气来，一吐而快的畅意正静静地诱惑她。

"内德，你接到的那封电报，说的是真的。"她慢慢地说。

"什么？"内德一时没有明白过来。

"从马德里发来的那封电报……"茗涵欲补充。

"你不是说那是一个玩笑，那是你认识的一个女朋友吗？"

"是女朋友。但不是玩笑。"

"天！"内德喊，突然从长椅上站了起来，"你在干嘛呀，茗涵？！"

周围有些人扭头看他们。内德站到了船尾。茗涵跟过去。"对不起，"她说，"我知道这会伤害你，我也抗拒过，但是没有办法。"

内德摇摇头，没有说话。停了一会儿，他缓缓地说："你为什么不在一个温暖的地方跟我谈这个？"

谁知道你要上船？茗涵想，但她什么也没说。在向这段感情告别的时候，她看到了内德的宝贵。只有在这时才会出现的，半属于幻像的，回到现实里又会变质的。她和内德，是该成为君子之交的。茗涵的冥想突然被"扑通"一声拉回到现实里。她惊异地发现内德不在身边了。然后，她明白了，刚才那声"扑通"是内德落在水里发出的。内德是个旱鸭子！茗涵想起来，立刻纵身跳到冰寒刺骨的水里。

在冰冷的泰晤士河里，摸着内德，茗涵的脑袋疯狂地旋转。

"我不是自杀。是不小心落水的。"躺在医院病床上的内德说。然后，关于茗涵和那个女人，他没有再提一句，他也没有说别的。

内德不会得肺炎，刚才医生跟茗涵说了。"其实都没有必要来医院。"只是内德，在吐出水苏醒过来之后，看到茗涵，又昏了过去。

"在日常生活里，我只有平常的胆量。"那天他和茗涵说。他连平常的胆量也没有，可要是没有她，他也不需要面对这些。狗屁情感，招灾惹祸的东西。他真是没有看错。

内德说想静休一下，请茗涵回家。妻子的身份从她身上更加淡出，茗涵没有坚持。回到家里，她立刻给普里塔打了电话。

"我已经跟内德说了。"茗涵讲。

"他知道与他的决心不是一回事。"普里塔说，"阿伦也知道了，可他还不是一样要和我结婚？"

"内德不一样。"

"可能不一样，可能会和你离婚。那正是我们要的结果。"普里塔说，"他也可能不离。我都想好了，他不离也不行。"

"那你怎么着？去绑架他，让他做这个决定？"茗涵一时又有些恼，"内德都住院了。"

"他自己的事情，他必须勇敢面对。"

"再联系吧。"

既然内德终于知道了，那么事态就顺着它命定的方向发展去吧，随便哪个结果她都接受。她拔掉电话线，关掉手机，回到床上昏睡了两天。

她再去医院的时候，内德已经不在了。也没有办出院手续。

"来过一个女人，高个子，金发碧眼。对了，腿还有些瘸。"护士回忆说。

茗涵说谢谢，打车回到家里。不在家。死命的东西，都这样了，还马上跑去工作？！可他不工作，还有什么寄托呢？正犹豫着给不给他的办公室打电话，秘书的电话过来了。

"他不在家。你打他手机吧。"茗涵说。

"打两天了，都没开机。"秘书说，"好奇怪呀，他的手机平时都是24

小时开着的。"

在茗涵的沉默里，秘书说："报案吧。"

"我再找找。"茗涵说。挂了电话，立刻打内德手机。果然关的死死的，茗涵马上去找普里塔。

"内德失踪了。"见了面，茗涵说。

"我是去见过内德，可没绑架他。"普里塔立刻说，"我绑架他也没地方放。"

"你怎么找到内德的？"茗涵有些不解。

"阿伦告诉我的。"

"你和内德说什么了？"

"我刚说出自己是谁，来自哪里，内德就让我转告你别发烧了，别漂了，回到正常的轨道上吧。'和一个女人生活在一起？我了解茗涵，她不是玩那些花样的人。'"

董宾也说过类似的话。他们都说了解她。其实，谁又能了解谁呢？

"那你怎么说的？"

"我说'茗涵给了我别人从未曾给过我的幸福；而我给茗涵的，也是别人，更包括你无法给她的。'"普里塔看了一眼茗涵说，"内德不再说话了，隔了有两分钟吧，他说'茗涵还有个致命的弱点，你会受不了的。'他看了看我说'她有梦游抑郁症'。我笑了一下说'我知道。而且，她不再犯了。'"

梦游、抑郁，茗涵不知道内德更能接受的是哪个。他曾把M带回家中。那个著名的心理医生跟茗涵相处一段后告诉内德：她根本不是抑郁症；而在她自称的梦游里，她也有自己的清醒。

门突然被敲响，茗涵吃惊地看到阿伦进来了。

"你知道内德在哪里吗？"茗涵问。

"老内德，我苦命的兄弟。"阿伦坐到小沙发上，愁苦着脸说，"他被你们逼死了。"看着两个女人的沉默，阿伦又露出笑容："哎，老内德，可真是我的好兄弟。他在医院刚安顿下来，就让护士小姐打电话给我，转告我他有点事，使我不致于因为没见到他而着急。我问了护士小姐，这才知道他住院了。我见过他，然后来找我美丽的普里塔。"

"内德现在在哪里？他的秘书找了他两天。手机压根就关了。"

"手机？"阿伦笑起来，"早掉到绝望的泰晤士河里了。"

阿伦收拢了笑容，站起来："放心吧，老内德没事。"他看着茗涵说，"他学你我，出去旅行去了。他觉得这是个办法。"阿伦说着，突然靠近了墙角的普里塔，他从怀里掏出一把手枪，逼住她。

"阿伦，你干吗？"茗涵叫起来。

"不干吗。"阿伦说，看了眼茗涵，看了眼普里塔，"为这女人，你两次面对枪口，我还真妒忌呀。"他盯着普里塔，"说你爱我，我就放了你。"

普里塔紧咬着嘴唇。

"这是最简单不过的事，你两片美丽的嘴唇轻轻张开，那美妙的声音就出来了。说吧，哪怕骗我都行。我的身体全部被你控制。你说的假话它都会信以为真。来，说吧。"

"我从来没有爱过你。"普里塔清晰大声地说。

"谢谢。你的真话挽救了你，我最亲爱的普里塔。"阿伦笑了一下，把对准普里塔的手枪放了下来。

"感情的事，勉强不得。"茗涵说。

"一个玩笑。"阿伦大笑，"保重吧，美人们，我走了。"

尾声

美国西北航空公司的飞机停在绿楼下了。阿伦，谢谢你爱我。但我不爱你，这就没有办法。你的死也唤不回我的心。为什么要把自己吊在你家灰色院墙外的栗子树上？我为你悲伤，但我还是不爱你。我爱的是茗涵。多年前，拒绝那个顶级女摄影师时，我怎么也想不到自己日后也会爱上个女人。

机场的外面，冬季氤氲中，树下车辆往来着。荷兰人的生活在那里展开。奇装异服，五颜六色的头发，等着我和茗涵加入的自由生活。

那条粉色的烟还在慢慢飘着。

一道闪亮的线拉在天上。

"内德来了电话，他确实在旅行。他说'你从男人身上得不到的，但愿这个女人能给你。祝福你。'"那么，她就没有不来的理由了。可是，我等了一天啦。

她的手机动不动就关，这点以后一定得让她改掉。

为什么她让我先到这里？她会不会不来了？

如果她失踪了，我就要在 CNN、BBC、互联网上发布消息。让全世界都帮我寻找这个女人。

她应该会来的。此时，我一转身，没准儿就会看到她。

后记　怀念马德里快乐时光

马德里给我的第一印象并不那么好。在罗马等很多城市，旅馆是负责接送的。而在马德里，只给一张标有旅馆方位的地图，让我自己去找。

马德里皇宫，欧洲第三大皇宫，仅次于凡尔赛宫和维也纳美泉宫，一点也不吸引我。奇怪的是，这个城市却让我留下来。

当我以更轻松的心情漫步在这里的时候，我知道了，是马德里的气息或气场吸引了我。从太阳门往西比列斯广场，或从马约广场往王宫方向，沿途尽是艺术文化宝藏。只有游客放慢脚步，你才能领略到一个城市真正的魅力。

我去当地人的小馆子吃饭，去菜市场买菜，去海盗市场淘宝。我没把自己当外人了，直到两个男子上门。

"你到这里到底是干什么呢？是学生吧，你该去学校；是商务考察吧，没见你去过什么企业；旅游吧，你又不去什么景点。"

在这盘问之前，我压根儿都没有意识到自己的行迹是如此可疑。

我在荷兰等国海关遇到过类似问题，因而没慌。而且，好多人的经验都是：你正气凛然，对方就高看你；你越谦卑，他们就越来劲。

"我是游居者。旅游，而且短暂居住。"

"没听过这个说法。"他们摇头。

"那我今天给你们启蒙了。"

我证件齐全，他们也拿我没有办法。

这两个身份秘密的人，不知日后会不会成为朋友，如果我不是被伊莎贝拉"缠"上，没有时间分身的话。我在法国学画时，老师是个西班牙人。这人，碰巧是伊莎贝拉从前的男友。这个巧合，还有两件我猜对的小事，使得这姑娘觉得我很神。偏要跟我"学学"。她现任男友井上是个日本设计师。同住一楼，我以为他是中国人，和他打招呼，这才认识他们两个的。我们一起去东阁吃中餐，去伯纳乌看球。如果皇马赢了，我们就去西比列斯广场和其他球迷一起狂欢。白天，我们去普拉多美术馆看画展；夜晚，去马约广场看青年学生的巡游。少不了去太阳门。这里最热闹的是新年。马德里人欢聚于此，人手十二颗葡萄。钟声一响，十二颗葡萄要迅速吞进肚中。预示新年月月顺利，好运连连。

我听说有这么个说法：古代马德里一带，人烟稀少。有天，一个孩子在外面玩耍，突然只大熊向他追来。危急时刻，孩子爬上一棵樱桃树。这时，他母亲寻子而来，只见儿子在树上，不见树下还有熊。孩子见状，在树上大喊："妈妈快跑！树下有熊。"母亲闻听，急忙跑回屋里。"妈妈快跑"正是马德里的拼音。马德里由此得名。

我向伊莎贝拉求证，她耸耸肩，说她不知道。另外两个当地人，也不晓得这个传说。开始我觉得迷惑。后来想想，这也有可能。并不是每个北京人都知道"先有潭柘寺，后有北京城"。

因为我和井上都是东方人，所以外人常把我和他看成一对。惹了不少笑话。有段时间，我怕影响那两个，想从中抽身。伊莎贝拉不让。她说"爱情短暂，友谊长存"。后来，她果然把井上甩了。我们七八个女子整天混在一起，实在是快乐逍遥。

　　马德里的记忆实在难忘，所以写了这本《马德里美人帮》。这是我首部以欧洲为背景的长篇小说。

[旅行的意义：]

　　我内心的感受是：厌世。我走了一处，这世界对我的吸引力就减去一点。我真怕哪天没地方可去了。我是在对普里塔爱的失望中逃避到世界各处去的……

[关于"神"的讨论：]

"爱神一定是经过很多爱，经过爱的欣喜、失望，经过爱的洗礼后才成为爱神的。就像耶稣，受尽了苦，从十字架上下来才从一个木匠成为了神。"

"我觉得神天生就是神。爱神的诞生也是没有前因的，那只是宇宙中一个温柔幸福的瞬间。在涟漪微漾的爱琴海上，花雨下，贝壳上，维纳斯诞生了。没有前因，只是个美丽的结果。如果有原因，那就是世界需要爱神。"

"那就是世界经过了很多事情，欣喜过、失望过，经过洗礼后才诞生了爱神。总有个原因她才诞生的。"

"没有爱，哪来的欣喜和失望？"

"神的感受和我们不同吧，神始终怀着平静的心态。但谁先诞生谁后诞生我总是闹不明白。爱神诞生时风神、春神在旁边。他们为什么就比爱神要先诞生呢？"

"自然界当然出现在前。风神，春神，诸神都只是宇宙万物的一个个方面。其实神是在人后出现的。人类诞生后，出于对宇宙的敬畏，才想像出神。"茗涵望着天上的月亮说，"中国虽说是无神论国家，但还是有很多美好的神话传说。你知道嫦娥奔月的故事吗？小时候我望着月亮，总觉得自己看到了月桂树，看到了小兔子。现在我们早知道了，那里什么也没有。人类登上了月球，实现了空间上的飞越，却打碎了梦想。还有牛郎织女的故事，后来我也知道了，牛郎星和织女星是最不相配的。织女星比牛郎星大八倍。"

她们在游泳池边的躺椅上躺下来。一弯明月，闪烁群星，在纯净的蓝色天幕上，都快接近金色了。

　　"什么神我觉得也没有自杀神好玩。"普里塔说。

　　"自杀神？这个我还没有听说过。"

　　"我拍过的一部电影，外景地是在墨西哥。为了展开爱情的攻势，阿伦追到那里。我拍戏时不允许他在旁边看，他就自己出去逛。有一天他兴匆匆地找到我说'普里塔，普里塔，有件事我得向你请教。'就叫辆车把我拉走了。我演的是女4号，没什么戏分，空闲时间挺多。一会儿，车子到了国家人类学博物馆。我一看这个，扭头便想走。你不知道，我是顶讨厌看博物馆这类东西。可阿伦那么求我，我只好进去。那时我周围的美女都被富豪用钱的各种花样追着，我还以为他准备把博物馆的什么买下来送我呢。结果进去，他指着壁画上的一位神说：'普里塔，这是自杀神吗？'我说我哪里知道。阿伦说他昨天来博物馆，就在这里，听见一个英国老太太喊'我的上帝'。阿伦问她怎么了。她指给阿伦这个神像说这是自杀神。阿伦本想问个仔细，可导游把老太太一伙匆匆带走了。

　　我看了看，那确实是自杀神。阿伦看不懂。他能听懂西班牙语，也能流利地说，但认识的单词不多。那博物馆里的说明只有西班牙语。阿伦得到我的确认后笑了起来。他说从未见过这么有趣的神。可这神到底管什么呢？是不是站在他面前乞求就能被允许去自杀？说着，便拜了拜：'生不是我们选的，死也不是我们选的，上帝给人类的尊重体现在哪里？自杀倒体现了自由。'他说。那是我第一次听说自杀神。我们拍完外景准备回去的前一天，阿伦又兴匆匆地告诉我说，他研究过了，这个名叫伊斯塔布的神是墨西哥人十个重要的神灵之一，他是把自己吊在一棵树上。"

　　"自杀神应该是死神的孩子吧？"茗涵玩笑道。

　　"死神和谁的孩子？"

"不用和谁呀，一个人就能生出孩子。就像耶稣，他只是上帝的儿子。"

"那还有圣母玛丽亚呢。"

"上帝完全可以把耶稣造出来，之所以要通过圣母玛丽亚的身体，那只是使得他成为肉身的一种形式。"

"那你前面也说错了。一个人不能生出孩子，一个神能。"

"那好吧。一个神自己能生出孩子，一个人不行。现在也行了。都不是克隆，单细胞繁殖。"

"你说这世界上到底先有男人还是女人呢？按《圣经》上说，自然是先有亚当，然后用他的肋骨做成了夏娃。可亚当既然是人，他就该符合人的规律，人都是母亲生的。"

"他是第一个人，他是上帝造的。"

"上帝的问题也待推敲。不管上帝是怎么万能的存在，他还是属于这地球的。这地球的生命，高等生命都是来自母体，他总不能是卵生的吧？"

"卵生的？"茗涵笑了，"你看过《人工智能》吧？上帝就属于那极高智能的一类，不用来源于母体。"

"那也不对，这世界是向前运转。那极高智能的一类，一定得出现在我们之后。所以上帝先出来也是不对。"

"地球是这浩瀚宇宙的精华。上帝不是别的，就是这地球上万物的规律。"

"地球运转的规律也是呼应太阳系的，那之外还有银河系，还有更多更浩瀚，不为我们所知的。所以说上帝之外还有上帝。"

"你记得《圣经》上有这么一句话吧？在亚当和夏娃被逐出伊甸园后，上帝说：'那人已与我们相似，能知善恶。'我觉得这才是《圣经》中最神秘的一句话。既然上帝是在万物之上，唯一的，那'我们'指的是谁？所以说上帝之外是还有上帝，那是谁呢？还是上帝。上帝就是这宇宙间的规律。远古的人们视野还没有跨出地球而已。"

"可是这规律是怎么来的？是先有这宇宙才有规律，还是先有规律才有的宇宙？要是事先没有规律，那还不乱了？要是先有规律，是谁传达的让万物来执行呢？"

"就像人的身体由无数个器官组成，万物本身其实也是整体，是和谐统一的，一方面的运转必然带动另一方面。那个能让他们运转的'大脑'，就是上帝。上帝还是规律。所以人类乞求上帝是没有用的，人类只能用自己的智慧来发现这规律，利用这规律。靠规律办事才是聪明人。对现在的你我说呢，得靠规律来找贝多里。咱们走？"

普里塔伸了个懒腰说好。两人起身。游泳池里微波荡漾，微凉的微波荡漾着满池的亮星。

[天宇繁星下的"生和死"：]

　　人为何生，为何死，人生意义为何？宇宙为什么无限大？这些问题从来没有人能给我们答案。一直以来，人类在黑暗中摸索前行。无神论者说人死了便万事终结，原教旨主义者则说那是开始。不管是什么吧，从乐观角度说，咱们可以换个角度来思考问题了。那些我们活着时无法看清的问题。我想人生的美好可能就是为了探寻这些秘密。我们什么都清楚，就像生活中没有意想不到的地方，又有什么意思？

[走过黑夜的爱：]

远远的一两处灯火，恍惚地亮着。汽车行进着，但她们感觉到的只有这四周死般的静寂。白天，一笑而过的人世，水般流走了。那远处蓝意盎然的大海，那山坡上灰绿色的橄榄林，那青青草地上的可爱绵羊……阳光下的美丽景致她们全然忘却了，她们看到的只有这天地间的苍茫。没有凄厉的风，没有漫天的雪或雨，但这苍茫的死寂完全笼罩了她们。

周围幽灵潜伏吧？那些茫行于旷野的孤魂野鬼。

那些在白天洁白闪亮的墓地，此时一点也看不见，却突然来到了心里。难道是寂寞翻卷起心里的悲伤？前生、来世、谁见过？我们有的只是这黑白转换间的短暂人生。认真或是游戏，逃脱或是迎合，到头来，我们都只能在悲伤中向这尘世挥手。我们的奋争、我们的眼泪和欢笑，最后都会像这大地一样沉睡。都会到那里，我们必然归之的虚无。这是人世的普遍忧伤，暗藏于黑暗中所向披靡的忧伤。怎么才能怀有平静的心面对这必然？怎么，怎么才能有放弃这尘世的快活的心？怎么，怎么才能有不要依托的肆意的自在？

无生命多么轻松。那种轻灵，那种飞舞。

我们在尘世，却又不解这尘世。

"你知道妓院和酒吧为什么夜里才生意兴隆吗？因为夜迷惑忧伤。"

"我想可能是的。人类发明城市就是用来对抗这自然的黑暗。在城市里，有些黄昏，我有忧伤的感觉，但从没有现在这么透彻。"

"因为我们在陌生的旷野。而且迷路了。"她的手就那么轻轻地盖在茗涵的手上，纤纤的，却传递来温暖，"心里有爱，就会带我们走出黑暗。你说的。"

茗涵扭头看着她："你说这宇宙，知不知道它自己的忧伤？"

"干吗去追根究底？有意义又有什么意义呢？谁不是灰败的？在认识它的过程里，我学会了享受人生。我们说的战胜自然，也有这层含义。暮色中，自然是把它苍凉的一面展示给我们。但我们要视而不见，转想世间的繁华和活泼。夜行荒野，我有胜利的喜悦，就像对男人的征服。"稍停，普里塔说，"和你来这里之前，我也是迷惑的。尽管你没有也不能给我答案，但你给了我启发。而就在刚才你开口之前，在我把手放到你手上之前，我的心里也昏黑一片。我们不说一句话，守着自己的黑暗。然后，突然，我们前两天的交流那么清晰地来到我的心中，我好像看到了那爱，你说的能领我们走过黑暗的那爱。"

[白兰地生活：]

生活就像一瓶白兰地，迟早是要被喝光的。可我们要慢慢地喝。把它们放在美妙的大肚小口的杯中，让我们的手，传递给它微微的温度，让它荡漾出更多的香。而我们，迷醉或清醒地度过恍惚或甜蜜的幸福时刻。

我们给后人留下什么呢？本质上说不留什么，但我们可以把我们的经验，那喝酒用的杯子，那喝酒的方式留下来。更让他们知道应该酿造更美的酒，而且在酿酒的过程中体验幸福、创造幸福。

[另一种倾诉：]

她根本不需要别人的意见，她只是需要说一说，她不会为什么冒任何的风险，何况是爱情。

[关于冰箱人：]

　　内德根本不是气定意闲的样子。他总是急急的，好似要把身体里的每个细胞都发挥起作用，他不是那种瞎急，是很有效率的急。他要处理的事情实在是多，对那近乎极限般的工作，他却有爱一般的容忍，也为此感到自豪。那些工作，好似从来没有要完的样子，一个走了，马上紧跟着另一个。有时，半夜，它通过电话就过来了，他从不抱怨，他接受挑战，不怕考验，也相当顽强。

　　冷淡、刻板的工作，让他的面容，他整个人也冷淡、刻板起来。它是那么顽固，谁的精神或肉体都不能冲破它。他像对待工作一样对待夫妻之间的那事。他的职位越来越高，他的时间越来越少。他放弃了那事，"我们都不是一般人，我们注重精神的交流胜过肉体（他只是这么说，我们从未进行过精神上的交流）。我们是否可以尝试无性婚姻？"有天晚上他突然说，我的自尊容不得一点点的侵犯。我没有犹豫地说可以。那晚，我一直在客厅的台灯下看书，他看起来好像有很多事情要处理。"你先睡吧。"他有些试探性地说。我的回答比他想要的更彻底，"要不，你去书房睡吧。"我们都很高兴。我们的生活和以往并没有太多的不同：偶尔仍然一同出去；几乎不交流。

　　伴随着疯狂的工作，他一直过着规律、审慎的生活。他突然和我结婚出乎很多人的意外。他们以为我和他认识很久，他们不了解他，他从不把私生活的一丝一毫暴露出来。他也没有私生活。虽然他有坚定的道德。"你们认识多久了？怎么认识的？"刚结婚时，他的朋友问过我。我一笑置之。其实，我们认识不到三个月就结婚了。不知他对这仓促的决定后悔没有，他没提过。我想也许是他的生活太刻板了，需要些出格、新鲜的元素。

从少年时代，他就想努力把自己同众人区分开来，他确实鹤立鸡群。可是，最后他看到，他和别人并没太大的区别。这使他不安。跟阿伦相反，他克制自己的兴趣，不让自己在享乐中麻痹。这些当然不是他自己说的，是他母亲分析给我的。那个我只见过一面的女人非常优秀，我们却没有缘分做朋友。她不住伦敦。

后来，内德的身体也厌倦了，安宁下来，无动于衷了。他花钱不再有任何快感了。这也是为什么他大把给我钱的原因。当然，我们都是刷卡。我拿着他的附卡，把它插到世界各地，那窄窄的冰凉的小嘴里。

[独角戏的爱情：]

　　在我朝思夜想的走廊，我朝思夜想的男人，他的爱情，和我一点关系也没有！这个男人，究竟生活在怎么一份我不解，甚至根本看不清的生活里？！我怎么能够了解？怎么能够看清？我甚至不知他是谁，叫什么。但这仍不妨碍我的幻想：这男人会不会把那两个女人都抛开，向我奔来？那基本不可能的事终究没有发生，我为这样的结果庆幸。如果他来了，会更深地毁灭他。我不够坚强，但也不能迁就。那是我给自己的总结。

　　我占有走廊里那些幸福心跳的时刻，任何人都拿不走。而那两个女人，不管她们拥有的是多么多，那用细节构成的回忆，最后也终归是回忆。我曼妙的幻想，却因为没有来到现实里，而得以有无限展开的可能。

　　他终于出现了。我亲眼看到他的面容在变，在那个我日日夜夜爱着的走廊，在那走廊初秋的脆弱阳光里，他的面容滑向中年。

　　他向我微微地笑着。一瞬间，我幡然而醒，似乎意识到那笑容的含意：请为我保密！也可能他的目光把某些东西说了出来，另外的表达不了，我但愿。不管怎样，属于他的智慧、优雅；属于我的敏感、脆弱；属于我们沉默而幸福的时光，在灰白的下午，夹着灰白的尾巴逃走了，无影无踪，再不会来。

[锦绣年华里的相遇：]

长到32岁，这是唯一一个能让茗涵感觉不到寂寞的人，让她孤寂的
心有了停靠欲望的人。想着半夜里她骑着飞快的摩托来接自己的样子；
想着在沉暮的突尼斯旷野里她那纤纤玉手传递给自己的温暖。那不仅是
温暖，那是能让你不惧黑暗，在黑暗中欢舞起来的欣喜；还有那不自觉
就来到心里、脸上的笑。

在塔塔进入她的生活前，她以为她和内德，和董宾一样不苟言笑。
她没有能看清自己的镜子，也听不到心底的声音。在别人眼里，生活待
她不薄，可她从未曾满足。她不是贪婪的人，但确实，那些她得到的所
有，在她眼里手上，是空的。而和塔塔在一起，哪怕就是说点无关紧要
的话，哪怕都不说话，她感觉却是那么满足。这和塔塔是男是女没有关
系，和她是哪个国家的人更没有关系，只和这个独特的个体有关。都说
前世和今生时间维度的寻找，其实，更有简单的，天涯海角，茫茫宇宙
间空间维度的寻找。而她应该庆幸：她们及时相遇，在这还算锦绣的年
华。

从突尼斯回来后，塔塔去巴塞罗那前，自己都害怕塔塔像个外星人
一样消失。但说到底，她没有对这个女人有什么奢望，就如她不想向今
夜要的更多那样。

["半瓶"的生活：]

我已经不再想演这戏了。

从14岁起，我就生活在五光十色里。那时我刚刚出道，在巴塞罗那的时装大赛中获得了季军。不算什么成功，但人生毕竟因此被改变了。走各式各样的T台，被各色的摄影师拍来拍去，上花花绿绿的杂志。模特真是超青春快餐。多少出色的人，惊人一闪，随后就消失了？真跟流星一般。大家都知道，所以即时消费，丝毫不拒绝眼前的声色犬马。

我们出席各种聚会，我们是聚会上迷人的装点。就像那些闪亮的漂亮小灯一样。就像女人身上那些耀眼却不值钱的首饰一样。我比那些女孩更有心机，我在聚会上挖掘能给自己帮助的人，也得以从一个圈子跳到另个圈子。每个圈子都有这样的聚会。有钱的阔佬、所谓的艺术家、小有名气的漂亮女人。我生性开朗，又会说笑，所以参加的聚会就比别人多。

很长一段时间，我每天忙于聚会，好像生活一下子消失了，不再有别的内容。穿衣镜前长时间的打扮、长或短的路途、聚会，我的生活就剩这些。连那些甜蜜的睡眠好像都可有可无了，整个人处于极度亢奋的状态。直到想到聚会我就头痛，直到一天没有聚会我就觉得很难活下去。这聚会榨取了我所有，也给予了我所需。模特、主持人、演员，我这'半瓶子'在各种混水里趟得有声有色，也忘图更有声色。

后来我知道了，我所向往与追求的成就和名望，只不过是我占胜孤独、悲哀的一种手段。我必须向高处攀登，向宽处伸展，因为没有一处能给我安稳踏实幸福的感觉。是我的牙让我领悟了这点。我牙痛得厉害，去看了一次，医生说没救该拔了，我却一直拖着不敢去拔。我想当我有更大的名望，像佩内洛普·洛佩兹那样，像瓦妮莎·罗伦佐那样，我去拔它，或许就不会那么痛了。那样的名望一定会给人更大的勇气和力量。

我走每一条路，都会想：这是通往死亡的路。我看着自己的照片。我想这越来越多的照片，留下来有什么用啊？终会无用的，谁稀罕去保存？谁能去保存？我对自己的身体，也不再那么爱了。

[透支：]

　　对于这个世界明天要给你的东西，你今天就迫不及待地伸出手去。也许晚了一步，那就会是别人的；也许这世界就没准备在今生给我这些。先拿来再说，那是我一惯的做事方式。但有些东西，很多东西，你一旦把它拿到手了，除了空虚之外没有别的。

　　因为空虚，你就再想去拿。越拿越空虚，越空虚越拿。

[黑暗中的安慰：]

认识你后，我觉得这些对我都不重要了。只要在你身边，我就觉得
自己有足够的力量，可以平淡地生活。这种心灵上的感受也不知不觉传
递给身体。就在我们回马德里的飞机上，就在你半转身把橙汁递给我的
时候，有种颤栗清晰地出现在我的左耳一直在我的左耳。初恋时，我那
球星男友给过我这种感觉。后来，还有一个男人给了我这种感觉。可是，
接下来，我们做爱时这感觉消失了。在本该最激情的做爱中，我得到与
给予的都寡淡无比。我等了一晚上，那幸福颤栗的感觉再没有出现。以
后也再没有。我的快感更多来自心理。和那男人分手时我的心情奇怪地
好，恶作剧般地好，我自己都吃惊，又觉得厌恶。

跟你的沉默相反，我夸夸其谈。我跟银行家谈股金，谈贴水，谈鸡
尾酒式货币；我跟艺术家谈理想风景画，谈"笔尖蘸了空气和光，把它
们粘到画布上"的夏尔丹，谈"用猥亵的暗示与刺激，来减轻路易十五
的伤感"的布歇。我什么都学，什么都谈。因为，我不谈我的内心。我
从不把这个示人，我夸夸其谈，却什么也没说。而到了你这里，不等你
问，我什么都讲了。我的心灵跟你有了最会意的交流。即使我们不说
话，我也没有意识到丝毫的尴尬。不像我和别人，一定得由语言来支撑
局面。基本由我说出来的，却离我很远的东西。根本不属于我的东西，
甚至不能近我身的东西。

而我们在突尼斯迷路的那夜，我们甚至什么都还没有说，我就觉出
了来自你的安慰。你在黑暗中给我的安慰。

["性" 的时代：]

　　谁的心思都会有小小的转变。而且，确实，它是复杂的，不是一个因素左右的。但我知道它是美好的。"当这种情爱发展成熟，深入人心时，一个民族充满希望与安乐的未来已经到来。" 这是惠特曼说的。也许你觉得我和你谈这些有些可笑，可这些我只能和你谈。我不会和男人谈。男人从来不用我们的思想，他们只用我们的身体。当然了，我们也用他们的身体。在他们消费女色的同时，我们也同样消费一把男色。事实上，恰是这样的观点，让越来越多的女人不在乎，让这个性时代乌烟瘴气。

[音乐人生：]

　　我们能做的事越来越少，只能喜欢音乐。使人放松的音乐，属于孤独人的音乐。在音乐的短暂沉迷中，就像猫用舌头把自己的伤口一下下舔好一样，人在一个个音符中把自己的伤疗好。音乐是挺神奇的，本来让人悲伤的音乐，让悲伤的人听，反复听，却能从悲伤中解脱出来。也许因为什么事情过了一定限度都变质了，不再是那事情了吧。
　　音乐让人感动还有一个原因。它完美，因为它短。

[冷漠的社会：]

我们每个人就是那高速运转的皮带轮上的零件。因为是高速的，谁也没能力拿掉它。但是你一但走神，它便自行脱落。接着，马上就会有另一个零件代替你。你的办公桌后马上就会坐上位新人；你的婚床马上就会爬上个新人；跟你有一夜情的那个人，马上也会在相同或不同的地方，遇上新的一夜情。

生活里多少人傻乎乎快乐地生活着，自以为非常重要，其实却不被任何人在意，甚至家人？不仅如此，我们兀自旋转，却已经不在生活的机器上。螺丝和螺母行将分离前的一瞬，我们就在那一瞬，而不在生活的机器上！有一点是可以证明的：这样的人是可以被删除的。在对你没有一点关心的人海里，你的存在是没有意义的。